公園生活

パーク・ライフ

吉田修一

鄭曉蘭 譯

作者的話

坐在公園長椅上，會看到什麼樣的風景呢……

我非常想知道，所以寫了這篇小說。

地點是東京日比谷公園，四周辦公大樓林立的美麗場所。

我非常喜歡台北的公園，也經常造訪。

人們拿著星巴克咖啡，坐在公園長椅的景象，與東京一模一樣。

那麼從台北被美麗群樹環繞的公園長椅上，你，看到了什麼樣的風景呢？

吉田修一

推薦序

保持距離的歸屬感

張維中

因爲吉田修一，我在東京發生過一段特殊的經歷。

兩年前一個晴朗的秋日午後，我在東京的某間書店裡，尋找吉田修一的《公園生活》。與其說是想試讀這部小說的原文，不如說買下來當作紀念的意義比較大。因爲這是我第一本閱讀的吉田修一的書。從這部小說開始，往後只要市面上一出現他新發行的中譯本，我一定將其列爲閱讀名單中的第一順位。

可是那天，我在書店裡找了半天都沒見到，最後，只好詢問店員。店員查了查電腦，我忽然注意到她的臉上閃過一抹神情，帶著愧疚的。她說：「這本書，本店目前沒有庫存。非常抱歉。」

喔，原來東京的大書店也是會缺書的。我的心底冒出這句話來。她好似看穿了我在想什麼似的，旋即從櫃檯裡抽出一張單子，上面印有地圖和路線。她指著單子，熟練地解釋：「不過，我們在這條街上的分店，還有一本庫存。穿過公園就到了。」我點頭道謝，她的臉上恢復了專業的自信。

然而，當我持著那張單子走出書店時，卻困惑了。

我其實去過那間分店的。而且我發現從這裡走到那裡，若是穿過公園，絕對不是最近的走法。爲什麼要教我繞遠路呢？

但，一個人在東京行動的我，這一天，竟決定就這麼走走看了。就在我即將離開公園之際，有個看來和我差不多年紀的日本男人持著相機朝我走來，駐足在我面前。我以爲是問路的，結果他操著洋腔洋調的日文說，請我替他拍照。結果，拍完了卻沒結束，他居然追問：「能不能一起照一張？」

我嚇了一跳。本來就容易有危機意識的我，馬上冷淡了起來。我說，不好意思，我不是日本人（事後想想這句話未免也太沒有前後邏輯）；他笑著回答，他也不是。對話就此轉換成英文。我根本沒打算聽他解釋，他卻自顧自地說，他是加拿大人，很小就從日本移民過去。熱愛自助旅行的他有個習慣，喜歡在每個城市停留的最後一天，在他感覺到「對的地方」跟「對的時間」所碰到的人，合影一張照片留念，「所以，不知道是不是願意幫我這個忙？」

坦白說，這種事情如果發生在台北，我大約二話不說，就像面對街頭市調的人那樣，肯定是面無表情就離開了。不過，人在異鄉，情緒總是容易轉化。最後，我想想也不是什麼大不了的事，就答應了他。

直到我終於買到《公園生活》，並重新咀嚼起方才的事情以後，才赫然發覺那不也是一樁發生在「公園」裡的事嗎？如此這般的橋段與人物，像是《公園生活》的番外篇，當日比谷公園裡正發生著吉田筆下的情節時，或許也有相似如我的際遇，同時出現在東京的某個角落。

城市就是這麼的有趣。在各種促狹的空間裡，人與人摩肩接踵，充滿任何的可能，也有太多的不可能。對於未知的人我們往往想要知道得更多，卻無奈地發現，疏離也好親密也好，每個人身上永遠都有拆解不完的祕密。

《公園生活》這本書裡收錄的兩則中篇小說〈公園生活〉和〈flowers〉，大抵就流動著這股氛圍。吉田修一始終擅長刻劃在這種狀態中的市井小民。兩則故事皆看似戲劇化的開始，充滿幽微的心理轉折，然後在某個瞬間戛然而止。彷彿是在陽光下吹起的泡泡，成群結隊地出發了，透明的薄膜上閃爍著燦爛光芒，以爲就要飛翔得更高更遠，卻忽地沫化在風裡。

獲得二〇〇二年芥川獎的〈公園生活〉說的是一對連彼此姓名都不知道的男

女，兩個人在電車上結識，又在日比谷公園意外重逢的故事。他們或許是對彼此有好感的，但並不刻意展開進一步的關係。每一次在工作休息時刻的巧遇，不多問對方的背景，反而藉著觀察、討論公領域（公園）裡的人事景物，默默知曉了私領域的交集。更重要的是，重新審視了一次自己的生活價值與存在意義。

〈flowers〉敘述的則是一對從外地來到東京闖天下的夫妻，當初懷抱著美好的理想，但理想沉入了人海的故事。男主角震撼於同事間詭異的從屬關係和性遊戲時，與他漸行漸遠的妻子似乎也陷入了另一樁祕密。

〈公園生活〉和〈flowers〉兩篇小說中的男女主角，恰好形成一個對比。前者在陌生的關係中，彼此的心靈緩緩地靠近；後者則是在親近的距離中，靈魂卻逐漸疏離。那麼，該怎麼辦呢？倘若還有一點點眷戀，倘若擔心一旦改變現狀，就可能什麼都沒有了，或許最好的方式便是暫時存而不論地擱置它吧。因此，他們選擇不說破、不索求。故事裡的每一個人都有著不安的浮游感，渴望歸屬，可是他們只好、也只能在保持距離中，才不至於受傷得更深。

保持距離是一種置身事外，但也是看清一切的機會。就像在日比谷公園裡試圖放飛紅色氣球的白髮老人。將氣球升上去，從上空拍攝到整個公園的模樣，那絕對是身處在地表上無法感受到的視野。

吉田修一對於「位置／空間」顯然是非常敏感的。更精準地說，他對某個空間所存在的地理位置，始終有著濃厚的興趣。因爲空間在迥異的環境中自成一格，於是，在這裡活動的人們，也有了獨特的個性。

這似乎已成爲他的創作底層中，貫穿的共通主題。因此，我們幾乎在他每一部作品裡，都看見「某個特定的位置／空間」所扮演的重要意象和影響。無論是《公園生活》的公園、星巴克咖啡館、飯店房間和卡車駕駛座；《熱帶魚》的魚缸；《同棲生活》的集合住宅；《7月24日大道》的比擬雙城；《東京灣景》的品川碼頭；《長崎亂樂坂》的市町街衢，或是《地標》中的建築工地與大宮，這些小說人物與情節，往往都和「位置／空間」有著極爲緊密的互動與拉扯。他們全是因爲那個地方才誕生出來的角色；他們卻也同時困頓於同一個空間中，茫茫地尋找新出口。

我特別喜歡〈公園生活〉的男主角坐在公園裡閉上眼，一股作氣抬起頭，體會他所謂「遠近交錯中產生的快感」的描述。更喜歡他想像著從鳥瞰的距離中，發現日比谷公園的佈局像是內臟方位的段落：「公園是縱向的長方形，看起來正好像是人體胸部圖。心字池就如其形狀位於心臟位置……中幸門就成了肛門，還有長得像膀胱的日比谷公會堂，雲形池是肝臟，第二花圃成了胰臟……人潮走過狹窄的小路……像是汗水般從園內擁了出去。」

都會裡那些從來就是毫無生命的存在體，在這一刻，被小說家（筆下的人物）給活化了。

而每當我再看見《公園生活》這本小說時，自然也不免會回想起那一次在東京購書的經驗。爲什麼要教我繞遠路呢？我當時的疑惑，恐怕是跟〈公園生活〉裡男主角問起「爲什麼想看公園呢？」是相同的吧。不過，只有在時間之河靜緩地流過以後，經歷並且感受了一些什麼，答案才會浮現。

至於那個在公園裡，我答應合影的加拿大裔日本人，很遺憾的，最後居然還是沒有達成他的心願。就在他反拿相機，努力伸長手臂準備自拍彼此的剎那，相機，硬生生地跌落到地上，故障了。

人生啊，果然充滿任何的可能，也有太多的不可能。

看來，還是應該保持距離才行。

（本文作者爲作家）

公園生活

Contents

公園生活

日比谷十字路口的地下，運行著三條地鐵線。如果說地面上的有樂町MARION大樓是生日蛋糕上的裝飾，用把銳利的刀子，從上空將附近這一帶一分爲二，則海綿蛋糕裡必定遍佈著如螞蟻巢穴般的地鐵車站和通道。若是一塊蛋糕像這樣表面裝點氣派，內部卻空空洞洞，實在很難讓人高興得起來。

我穿過剪票口，一邊留神清掃中的溼滑地板，一邊朝日比谷公園出口走去。筆直延伸的地下通道天花板低矮，走著走著人似乎也跟著越縮越小了。途中，我轉身查看，那個應該和我同站下車的女子卻不在身後。之前，在日比谷線地鐵車廂中發生了突發狀況。電車暫停於霞之關車站，在沒有廣播說明的情況下，關掉了空調，動也不動地停在原處。這種情境讓人不禁想四處聞聞，確認是不是有異味傳出。電車不知停了多久，我倚著車門，望著玻璃窗彼端那幅日本器官移植網站的廣告招牌發呆。廣告上寫著「死亡之後，尚能活下去的，就是你的精神。」我想當時是發呆過了頭，才會誤以爲早在六本木站下車的公司前輩近藤還站在背後。

「喂，你看這個。不覺得有點毛嗎？」

我將手指抵著玻璃窗，轉身對著背後的陌生女子笑。周圍的乘客同時望向我。女子也因為突如其來的攀談而嚇了一跳。然而，就在乘客即將失聲竊笑之際，那個陌生女子將目光轉向玻璃窗外，泰然自若地回答了我的問題：「是啊，的確會讓人心裡發毛。」這次輪到我嚇了一跳。

「……想到死了以後，我的器官還繼續存活下來的景象就覺得有點恐怖……，怎麼說呢，會感覺毛骨悚然吧。」女子繼續說著。

她的口氣簡直像是和十多年的老友說話一般。這下子我可不只是面紅耳赤，腋下還被滲出的汗水給濡溼了。乘客似乎認為我們兩人只是好一陣子沒有交談的朋友，便失去了探究的興致。

在這之後，電車仍然繼續停了一段時間。女子若無其事地開始看起車廂中的懸掛廣告，我為了閃避她的眼神，將臉緊貼著玻璃窗，心底直祈禱著：「拜託，快開車吧。」

穿過細長的地下通道，我跑上通往日比谷公園出口的階梯。我幾乎每天都會在店家的營業時間爬上這裡的階梯進入公園，不過卻未曾在這條通道中與任何人擦身而過。地下鐵的出口看起來雖然大同小異，但有的像數寄屋橋出口那般人氣暢旺，有的卻像這個出口一樣冷清。像這樣每次只有我一人獨行的話，我看在這出口安上我的名字也不足爲奇。

步出昏暗的階梯，便是公園派出所的後方。只要跨過公廁旁的矮欄，踏入園內，四周空氣就和地鐵站內截然不同，泥土及青草的悶熱氣息不斷挑逗著鼻孔。在園內，我盡可能低著頭走路，故意不看遠方景色，只盯著自己的腳步，在圍繞心字池的雜木林間小道前進，穿過銀杏林及小音樂堂，進入大噴水池廣場。廣場上有成群鴿子正專注地啄食飼料，我留心不踩到腳邊的鴿群，然後越過廣場，在環繞噴水池的其中一張長椅上舒服地坐下。此時，還不能立刻抬起臉來。首先要鬆開領帶，啜飲一口從地鐵商店買來的罐裝咖啡。在抬起頭的前一刻，最好先閉上眼睛幾秒鐘，緩緩地做一次深呼吸，再一口氣抬頭睜眼。眼睛猛地睜開瞬間，原本形成近景、中景、遠景的大噴水池、深綠色樹叢，及帝國大飯店忽然亂了遠近，一股腦地全飛進眼中。對於已經習慣狹窄地下道的雙眼而言有點激烈，不過腦袋中心卻能因而體驗到輕微恍惚的忘我狀態。有時眼淚還會莫名地湧出。只是一旦要爲這些眼淚找理由時，反而一下子清醒過來，眼淚立即乾涸。

昨夜，我待在宇田川夫婦家的高級公寓，看了一部叫《UNZIPPED》的影片。夫婦倆一如往常沒回來，只有我和他們的愛猴「拉格斐」獨處。

剛開始我還陪這隻松鼠猴邊玩邊看電影，一會兒讓牠坐在肩上，一會兒把網球滾給牠，後來我不知不覺被劇情迷住了，掃興的拉格斐因此擋在電視前，吱吱尖叫並開始做起抬臀體操的動作。爲了安撫牠的情緒，我從廚房拿來葵花籽，抓了二十幾粒放在手掌上遞給牠。拉格斐一粒粒抓起放到嘴裡，再用大牙咬碎，靈巧地剝開吞下肚。

電影是住在紐約的時裝設計師——艾查克．米拉費（Issac Mizrahi）的紀錄片；影片開頭是黑白畫面，敘述九四年春天服裝秀結束後隔天早晨，他站在紐約街角閱讀報上對服裝秀的評論。報上寫著：「這場秀既成功卻也失敗。這是對作品的總評。繁複的風格、具個人品味的用色以及布料選擇全都是白費工夫。AFTER EIGHT的洋裝也令人失望。」他摺起報紙，靜靜地邁出步伐。一邊嘀咕著：「服裝秀隔天，心情最糟了，早上都不想起床。雖然秀讓人累得半死，晚上卻睡不著……」

看著電影，我才發現拉格斐這個名字的由來。我在販賣沐浴皂和香水的公司裡擔任行銷業務工作，經常要翻閱女性雜誌，對時裝界多少也有點認識。如果我沒記錯，應該是梵帝（Fendi）還是香奈兒（Chanel）這些品牌中，有個叫卡爾．拉格斐（Karl Lagerfeld）的設計師。宇田川夫婦在為自己的愛猴取名時，或許是引自這個外號「時裝界獨裁者」的名字。

宇田川夫婦目前因各自的理由離家在外。瑞穗是我大學學姊，她託我照顧她養的猴子時，一是因為他們家離我的公寓步行只要三分鐘，何況平時也受她多方關照，當下一口就答應了，結果沒想到竟然要照顧這麼長一段時間。嚴格說來，她的丈夫和博是在十三天前離家，而五天後瑞穗也走了。箇中緣由不太清楚，不過，他們的行蹤我是知道的。和博住在品川的商務旅館，瑞穗則暫時待在她當空姐的高中同學那兒，想聯絡的話，隨時都聯繫得上。

近藤把新產品的海報送到六本木分店去，在等他的這段空檔，我數著是廣場的鴿子多，還是坐在長椅上或噴水池旁無所事事、消磨晴朗午後時光的人多，隨即抽了根一天僅限三根的菸。

當我望向廣場中央時，看到一個中年女子，她是公園裡的新面孔，手上拿著剛從商店買來的一袋飼料，臉色蒼白地佇立在上百隻猙獰鴿子的圍繞中。女子原本可能想要優雅地將飼料撒向腳邊的鴿子吧，可是日比谷公園的鴿子可沒那麼有教養。於是，廣場中央出現了一座人形鴿紋的前衛藝術品。數秒後，女子驚聲尖叫地將塑膠袋扔到地上，逃出噴水池廣場。她的身影一消失，烏鴉立刻飛近盤旋。而鴿群在一隻烏鴉的威嚇下，心不甘情不願地遷出該地。

近藤提著好幾個紙袋從廣場那頭走來。他低著頭走路，看來仍在嘗試。近藤試了好幾次，似乎還無法體會遠近混亂中產生的恍惚感。

近藤慢慢地踱過廣場走到我身旁，將紙袋放在長椅一邊，用手掌制止我「別說話」，接著就照我教他的方法，鬆開領帶，閉上眼睛數秒，然後一鼓作氣地抬頭面向天空。廣場的鴿子被日比谷路上的喇叭聲嚇到，一齊飛向天際。

見近藤遲遲沒有反應，我從旁問了聲：「怎麼樣？」他仍然認眞地凝視著帝國大飯店的方向好一會兒，而後才懊惱地搖頭道：「果然還是不行啦。不管試多少次，我就是沒辦法體會到你說的快感。」

「我可沒說是快感喔。我只說腦袋會有種恍惚的感覺。」

「『恍惚迷眩』對吧？我連那種感覺都沒有呢。」

近藤下個月就滿三十五歲了，他兩年前和妻子離婚，夫妻倆育有一女，名字頗爲古典，叫做春子，今年要開始上幼稚園了。聽說他只能兩星期見春子一面。之前，我曾在新宿高島屋的食品賣場巧遇牽著春子的近藤。他害羞地介紹：「就是這個啦。這就是我的女兒。」春子卻在一旁嘟著嘴說：「講人的時候，不要用『這個』啦。」

近藤基本上是我會敬而遠之的那種人。只是我發現，和他在一起的時候，有時自己可以變得很放鬆。我之所以覺得不善和近藤打交道，是因爲他也沒問過我好不好，毫不考慮地就把我當成自己人，然後說：「看到你就好像看到了年輕時候的我呢。」除此之外，他還動不動把「如果你丟了飯碗，我一定照顧你下半輩子」等令人難以置信的大話掛在嘴上，讓人覺得他很輕浮。然而我喜歡他也是基於這些理由。討厭一個人的理由可能和喜歡的理由一樣嗎？譬如說，和瑞穗一起看芭蕾舞家莫里斯・貝傑的錄影帶時，她曾事先聲明：「告訴你一件事，你可別想歪喔。我啊，每次一看到芭蕾舞者的身體，不知爲什麼就會想起奧茲維茲集中營。」當時，我覺得瑞穗這樣的比喻不太妥當，但是後來一想，如果肉體是永恆崇高的，那麼在兩個極端的情況下，散發著同樣的光芒，也不足爲奇了。

「近藤，你看過芭蕾嗎？」

他的眼神正追逐著走過噴水池廣場的年輕粉領族，喃喃地說：「那種女人的被窩肯定聞得到花香。」腦子裡難得漲滿羅曼蒂克幻想的近藤被我這麼一問，皺起了臉說：「芭蕾喔……我以前那個老婆啊，說想讓春子學。」

「喔？春子要學芭蕾，不錯啊。」

「是嗎？也是啦，跳芭蕾的女生總有一種精明幹練、好像給人『我才不需要男人』的感覺。要是春子能變成那樣也不錯。她媽媽那個樣子你也知道，常常讓我覺得心底直發毛呢。還不是因爲她對自己沒自信，才會男人一個接著一個換，用男人的數量來衡量自己的價值。重要的不是被多少人愛，而是被誰愛吧。唉，不過對她來說，我的愛也不值幾文錢。總之，我希望春子不要變成那樣。聽我前妻說，像是皇家芭蕾舞團之類的，甚至還要看父母或祖父母的體型。連體質以後會不會發胖都要調查呢。我自從不上健身房後，小腹就越來越凸了……」

眼前噴水池水柱高高升起。正好一陣春風吹拂過廣場，水沫濺溼了池畔。

日比谷香提百貨的會議下午三點半開始。除了銀座春天百貨、阪急百貨數寄屋橋分店的店長外，總公司的營業部長也會參加，屆時將決定如何處置去年薰衣草沐浴精的大批庫存。

「說到春子，那孩子前陣子一臉認真地問我：『爸爸做的工作是很了不起的工作吧？』」

當我們走在由噴水池廣場延伸至心字池的銀杏林時，近藤忽然如此嘟囔著。我問：「你怎麼回答她？」他露出了心虛的表情，「這……我就說『當然啊』。」

「春子很開心吧？這不就結了！」

「看不出來你也是個冷血的傢伙哩。」

第一花圃入口處長出的櫻花花苞顏色漸深，正要綻放。一對拿著萊卡相機的老夫婦，在樹下挺直了身子想看那些花苞。可能是因爲鞋子尺寸太大了，老太太的腳跟露了出來，圓圓的腳跟上貼著藥用貼布。

「說到我們在賣的那玩意兒，你說嘛，會有人想在像柳橙汁一樣的水裡泡澡嗎？」

近藤輕戳著我的肩頭問道，我於是回頭：「柳橙汁？」老夫婦的指尖好像碰到了花苞。

「就是這次的新產品——泡澡劑啊！」

「那不是果汁啦。是含有橘皮精油配方的……」

「我知道啦。只是早上我要喝柳橙汁的時候，覺得自己好像在喝洗澡水咧。」

我和近藤並肩在心字池畔邊走邊聊，無意間抬頭瞥見矮山上有幾張長椅，一名看來像是業務員的中年男子坐在長椅上狀甚無聊地抽著菸，他身旁的女人似乎在哪兒見過。我的視線雖然繼續看向更前方的大樹，卻立刻「啊」的叫出聲來，並將視線移回女人那邊，腳步也猛地停了下來。近藤沒住腳，撞到了我的肩膀，「怎……，怎麼啦？」我就著近藤撞上我肩頭的力道，跑離心字池池畔。

「喂，喂！」

近藤的聲音從背後追了過來，我回了句：「等我一下！」隨即往派出所後面那段通往崖上的石階跑去。

坐在俯瞰心字池的矮山長椅上，一手拿著星巴克的咖啡杯，一手壓著被春風拂亂髮絲的那個女人，果然就是我在地鐵中誤認而攀談的女子。女人回頭盯著我跑上石階。或許，她之前便一直盯著我繞過池畔跑上來吧。當我緩緩走近，想看看她的側臉，確定是否眞是她時，那女人卻先向我說了聲「你好」。不可思議的是，在那女人向我招呼之前，我竟然連爲什麼跑到這裡來的理由都沒想過。當時只想到「啊，是那個女人！」便衝動地跑了上來。那女人目不轉睛地盯著我。在我竭力搜尋到這裡來的理由時，她再次笑著說了句「你好」。

「妳好。」

我回應她的招呼，禮貌地點點頭。

「你是從哪邊的出口上來的呀？」

「什麼？」

「地下鐵的出口啊。」

「啊，喔。日比谷公園的出口……」

「喔，我是從三井大樓那兒的出口上來的。你看，我會買這個過來坐坐。」

女人舉起星巴克的杯子給我看。握著杯子的手指修長，指甲不知是否塗了透明指甲油，看起來溼亮。女人並沒有多年輕，只是比起在地鐵裡，沐浴在春陽中的臉龐較具彈性與潤澤。我本來以爲她年紀比近藤大，現在看來也許才三十出頭。

「我……」

由於方才一直都是這女人在主導對話，我提起勇氣便先開口。

「之前好像有什麼忘了說，才會不知不覺地跑到這裡來……」

「之前？道謝嗎？」

「嗄？」

「就是謝謝我裝成你的朋友，幫了你呀。照那種情況看來，如果我不幫你，你大概會糗到挖個地洞鑽進去吧？」

「欸，嗯，是啊。不過，不是這件事……」

「那是怎樣？」

下方心字池深綠色水面上，水鳥激出幾圈漣漪向外泛開。時而把臉鑽進水裡，接著抖抖身體，展開翅膀。

「你，常坐在那邊的長椅上吧？」

女人指著池子對岸。在枝條伸展的黑松下方，的確有張長椅，是我一個人來這裡時常坐的。

「只要那張椅子被別人坐了，你呀，就會像是存心搗亂似的，一而再、再而三地走過那個人面前。有一次，你不是故意在一對情侶面前打手機嗎？大聲地聊了約三分鐘，那對情侶不堪其擾只好站起來走人，當時你露出開心的表情，我到現在都還忘不了呢。」

我聽著女人兀自說個沒完，逐漸陶醉於那不可思議的聲音中。與其說是音質，不如說那種音域相當吸引人。

女人握著的手帕，類似大領巾般輕薄的布料上繪有豔紅的薔薇。我隱約嗅到女人所喝的咖啡香。

「在這公園裡有兩個人總讓我莫名的牽掛喔。一個是你。這麼說可能有點失禮，不過不知道爲什麼，你這個人怎麼看就是看不膩。」

「看不膩……？我只是坐在長椅上而已啊。」

「話是沒錯啦……」

女人直直盯著我，我不禁移開視線，飄到霞之關的政府聯合辦公大樓那兒。

「那，另一個人呢？」我望著天空問。

「另一個是偶爾在噴水池廣場那邊的男人。大概六十來歲吧，常常把小氣球之類的東西放到天空去……」

「啊，那個人我也見過。」

「眞的？」

「嗯。他在做什麼呀？」

「我也不太清楚，好像想讓那個小型氣球筆直飛上天似地。一般氣球不是會被風吹來吹去、或者在上升的時候打轉嗎？他好像在改良氣球，避免發生這種問題。至於原因就不清楚了。」

「這是他本人告訴妳的？」

「那個人坐在隔壁長椅講手機時，我碰巧偷聽到的。他應該是和老婆講電話吧，一邊辯解著晚餐前會回去，還有速度如何啊，重量如何啊……」

我對自己來這裡的目的到底是什麼，毫無頭緒。我的視線再度轉向心字池，

「從這裡俯瞰池子，眞的看得出『心』這個字，對不對？」女人說。我聞言一看，倒也不能說不像。我嘗試順著池子上方描「心」這個字。雖然不太確定自己之前想說什麼，心底卻浮現一個模糊的想法，搞不好我想說的是這個吧。雖然再炒冷飯不太好意思，不過我還是決定把它說出來：「呃……我之前並沒有侮辱的意思。」面對我唐突的發言，她壓著被風吹亂的髮絲，歪著頭一臉困惑。

「我是說之前……，怎麼說呢，我不是在侮辱捐贈器官的人。我是眞的覺得

『死了之後，你的精神還能活下去』讓人心裡毛毛的，並沒有輕蔑的意思……」

她凝視著我的眼睛好一會兒，笑出聲來說：「你是爲了要和我說這些，才特地從那兒跑過來的？」

我意識到背後的視線，一回頭，近藤正站在石梯中段，伸長脖子窺視著我們。會議好像快遲到了，於是我點頭說了聲「再見」便起身離去。我走向近藤，聽見她笑著說：「等等，我也沒有侮辱他們的意思喔。」但我並沒有回頭。「你在幹麼呀？」近藤板著臉，他的視線越過我的肩膀，直到最後都沒有離開那個女人。

連續兩天，「星巴女」都沒有在心字池的長椅上現身。

前往香堤百貨之前，到日比谷公園吃一頓遲來的午餐是我每天的例行公事；我並沒有期待她來，不過當我坐在長椅上的老位子啃著火腿三明治，回過神來卻發現自己的目光正投向崖上的長椅。近藤將那個在日比谷線遇見的女人取名爲「星巴女」。從那天之後，每次一碰面他就會追問：「你和那個女人進展得怎麼樣啦？」「你在地鐵爲什麼和她說話？」「不是你想的那樣啦。」不管我再怎麼否認，他還是不當一回事。不知不覺中，他口中的「那個女人」變成了「喝星巴克咖啡的女人」，最後終於定名爲「星巴女」。據近藤所說，她喝的好像是一種叫做摩卡的咖啡。他說：「她拿的杯子上不是用奇異筆寫著一個『M』嗎？那就是摩卡的意思。」我佩服地回道：「眞有你的，連那種小地方都注意到啦？」他一聽這話便又開始滔滔不絕：「我的視力可好呢。你看，貼在那架上的海報寫著『富含鮮果的泡沫，溫柔地洗淨您的肌膚』、『芒果&水蜜桃讓您朝氣蓬勃』、『薰衣草沐浴精的效果在於……』」若是我不出言阻止，他會這麼持續地念下去。

一個經過長椅前的路人捧著星巴克的杯子，我的目光也急忙追了過去，不過杯子的主人卻是個白種男性。只要在公園長椅上發呆的時間一久，就會發現風景這種東西其實要有意識才看得到。泛著漣漪的池子、長著青苔的石垣、樹木、花朵、航跡雲，這一切雖然盡收眼底，其實等於視而不見，只有在意識到其中一樣事物，例如意識到在池面上游泳的水鳥時，水鳥才會從周遭的一切中切割出來，以水鳥的姿態映現眼底。但是視而不見，或說盡收眼界的時候，眼裡到底出現了什麼呢？比如說從方才經過眼前的星巴克杯子殘影，我看到的卻是學生時代獨自前往紐約旅行，生平初次踏入星巴克店內的情景；鼻尖飄盪著煮咖啡豆的怡人氣息及肉桂香味。當時，櫃檯站著一個強壯的黑人青年，外型簡直像個重量級拳擊手。他用瞪視的方式直視我的雙眼，連珠炮似地不知問些什麼，而我一個字都聽不懂。黑人青年不耐煩地敲著櫃檯，粗壯的手指上戴著好幾個銀戒。無可奈何之下，我只好對他的任何問題都回答「ＹＥＳ」，他一臉不耐煩地向裡頭傳達我點的菜單。一會兒之後，我拿了擺出櫃檯的飲料，從店內逃到露天座椅去。哪知才一坐下，在紐約街道遊走的疲累忽然湧現。我彎下身揉揉小腿，令人舒暢的痠疼強有力地麻痺了整隻腳。眼前的人行道幾乎埋沒於枯葉中，有個白髮老婦牽著一隻黑色杜賓狗朝這邊走來。她的姿態優雅高尚，讓我不禁看呆了。我突發奇想覺得這位逐漸走近的老婦說不定是個男人。從華盛頓公園廣場傳來次中音薩克斯風的樂音給了我這種想法。它正在吹奏史汀的〈Englishman in New York〉，讓我聯想高中同學小光跟我說過，在那支音樂錄影帶中出現的老嫗是個名叫昆丁·克里斯普（Quentin Crisp）的英國男作家假扮的。我到現在，每次回鄉都還會和小光聯絡。有時候兩人單獨碰面，有時候則是一群朋友聚聚。十六歲的春天，籃球社的我在體育館中對體操社的小光一見鍾情。那年夏天，我鼓起勇氣向她告白，她卻回答「我沒辦法把你當作談戀愛的對象，因爲你感覺像弟弟」。我的告白也隨之喪失了意義。即便如此，我還是親過小光一次。不過，不是「和」小光接吻，而是「對」小光親吻。那是高中畢業兩年後的夏天，久未見面的老同學一起兜風，順道去海水浴場。我們在黎明前抵達海岸，大夥兒便先在車內小睡片刻。我和小光坐在廂型車的最後面。朋友剛開始還在爲蚊子叮人等小事喧鬧不已，之後逐漸靜了下來，等我察覺時，只剩下我一個人聽著大家沉睡的呼吸聲。身旁的小光也睡著了。小光在睡眠中微張著嘴，臉龐在月色的映照下顯得蒼白。海浪聲近在咫尺。我坐起身讓汗水浸溼的背離開座椅靠墊，屏住氣息緩緩地傾身向小光，盡可能不接觸到她的身體，以伏地挺身的要領，用手撐在與她身體一線之隔的位置上，將身體貼近小光，然後將自己的唇湊近她的唇。雖然沒有碰觸到，但我已經感受到那嘴唇的柔軟。那樣的姿勢不知維持了多久，等我回過神時，已經把小光抱在懷裡了。因爲抱得太緊，看不見她的臉，不過我知道她已經醒了。我不確定自己的唇是貼在小光臉上的哪裡，但我猜貼著她很長一段時間。前方座椅的某人在熟睡中翻過身來，我才慌亂地移回身子。小光什麼也沒說，只是滿懷歉意望著我好一會兒。那個夜晚，爲了維持與那雙唇一線之隔的姿勢，手臂二頭肌撐著身體直到發抖的感覺，至今都還殘留著。

我在星巴克露天席下意識地搓揉雙臂，大概是遠去的杜賓狗及老婦的身影占據了所有的視線，直到此時才留意到背後店內發生的騷動。我回過頭集中精神傾聽黑人青年和無框眼鏡女客間的對話，發現似乎是我錯拿了她點的無脂還是低脂拿鐵咖啡。在我對連珠炮般的問題一律以ＹＥＳ作答的期間，一直都以爲只要付了錢，擺出櫃檯的就是自己的咖啡。女客強勢的口氣，似乎打算要徹查店內所有顧客的杯子。我端起杯子慌張地想逃離露天席，眼界的遠近搖晃，一瞬間遠處心字池邊的石塔倏地逼近眼前。走過長椅前的年輕上班族，偷偷望了我一眼。當我在這張長椅上，思緒正描繪著紐約星巴克店內，或是數年前親吻小光的車內情景時，在經過的人們眼裡，我像是在望著什麼呢？或許，像是望著前方的池子或石塔吧。每次像這樣從出神狀態忽然回過神來時，全身都會竄過一陣類似顫慄的感覺。因為我會覺得似乎方才所見，如同記憶、幻想的曖昧私密空間卻被過往行人偷窺到了一般。

我用鞋尖將散落於腳邊的菸蒂集中於一處，然後再次踢散。一抬頭，那女人的身影已出現在崖上長椅那兒。她似乎也在看著這邊，我的目光轉向她時，她微微起身舉起雙手。她雙手各拿著一杯咖啡，說不定那是幫我買的。

我以自己都覺得不可思議的輕快步伐，朝崖上走去。女人空出長椅的一側等待著。她膝上攤開的手帕放著口袋三明治和肉桂卷，肉桂卷上留著一口咬痕。

「吃過午餐了嗎？」

她拍拍長椅示意我坐下。在地鐵初次與她交談時似乎也是如此，她的說話方式總會給人馬上縮短距離的印象。不過這距離不是被她勉強使勁拉近的，而是她撲通跳到你眼前來的。對一個陌生人，卻能自然地問候：「吃過午餐了嗎？」那口吻彷彿她已擁有了我房間的備份鑰匙，讓人備感親切。

「妳在吃什麼呀？」

我只是單純地說些場面話，她卻露出「這問題還眞無聊」的表情，於是我慌忙地又補了一句：「是……，是口袋三明治吧？學生時代我曾經在代官山的餐廳打過工。」我發現她的嘴唇比先前的印象還要厚，可能是口紅顏色和那天不同的關係吧。她柔軟的下唇沾著砂糖。

「本來是可以在店裡吃完再過來的，不過你也知道那裡不能抽菸吧。而且，我也不太喜歡星巴克。你喜歡嗎？」

我有點意外。她用手指彈掉附在肉桂卷上的砂糖。

「妳是因爲不能抽菸，才討厭那兒嗎？」

「也不是，該怎麼說呢，只要待在那家店，我就會覺得好像有好多個『我』慢慢聚過來。」

「什麼意思？」

「這種說法有點怪吧？我的意思是說，坐在那家店喝咖啡的時候，女客不是會一個接一個進來嗎？那些人每個看起來都像我自己。算是一種自我厭惡吧。」

「全都像自己？」

「是啊，怎麼說呢。可能大家都變成懂星巴克味道的女人了吧。」

「星巴克味道？」

「你想想嘛，我們不是常說『有些事生了小孩才會懂，有些事只有雙親去世才會懂的，或是只有在國外住過才會懂』諸如此類的話嗎？和這些道理一樣嘛。我也沒特別做什麼，卻在不知不覺中變成懂星巴克咖啡味道的女人。」

這才注意到，她從剛剛就數度把肉桂卷拿近嘴邊又拿遠。她將咖啡杯遞過來，我拿出錢包想給她錢。起初她不可思議地凝視著我，接著露出深遠的表情說：「你應該很有女人緣吧？」

池子的另一邊，只有我坐的長椅空盪盪地沒人坐。路過的人也不瞧它一眼。

沉默持續了好半晌，再這樣下去氣氛似乎會變得尷尬，所以我隨口問道：

「妳在附近工作嗎？」

她似乎大爲震驚，相當認眞地瞪著我，以嚴肅的神情問：「你眞的想知道嗎？」

「啊，不，沒特別想……」

見她那麼嚴肅，我略微緊張了起來。但下一秒，她卻露出了截然不同的笑臉說：「騙你的啦，騙你的，對不起。」

「你也是很怕沉默的那種人吧。我從這裡看你坐在那兒，本來還以為你可以憋個十小時不說話呢。」

「只是看起來像吧。」

「喔。對了，我是在附近工作，天氣晴朗的話多半會到這公園吃午餐。」

一般情況下，應該會接著問「你是從事什麼樣的工作？」不過我硬生生地將這個問題吞了回去。

「我常覺得很佩服，你的襯衫和領帶搭配還眞有一套耶。」

她吃完肉桂卷，用紙巾擦嘴。其實，這都是在服飾公司當行銷的瑞穗幫我一次買齊的，不過既然人家都稱讚了，我也老實地低下頭說：「是嗎？謝謝。」一看手錶，已經過了兩點半了。和日比谷香堤百貨的約是三點，不過在那之前還必須打電話回公司。「差不多該回去工作了。」我謝過她的咖啡便從長椅起身。「下次什麼時候來？」她問。我苦笑：「我每天都來。」此時，她已經撕開口袋三明治的塑膠袋了。

「啊，對了。有件事想問妳……」

我停住了走往石階方向的腳步，一回頭，她正好咬下三明治。

「之前妳不是說過會莫名地在意我嗎？那句話是什麼意思？……啊，我沒特別的意思喔。」

「沒別的意思啊。只是，莫名地就會在意。就這樣。為什麼這麼問？」

「沒什麼。怎麼說呢，我只是在想，自己坐在長椅上時，看起來像在看什麼……」

「嗄？」

「我不是都坐在那邊的長椅上嗎？我只是在想，從這邊看過去，我看起來像在看什麼……」

她就這麼咬著口袋三明治，困惑地歪著頭。由於沒時間再對她詳加說明，

「也不是什麼重要事啦，算了。」我說著，突然有點窘，便發足跑向石階。

才剛跨下一階，卻聽到她叫住我：「等等。」背後傳來她的聲音：「別擔心啦。從這裡看不到你在看什麼。」我冷不防踩了個空，慌張地抓住一旁的大石

頭。好不容易穩住了身子，再回首才發現我已經步下六、七個石階，看不見她在崖上的身影了。

宇田川夫妻家的客廳中，北面牆上擺了整面書架，對於一天只能出去一次的拉格斐來說，那裡成了牠絕佳的遊樂場。沖完澡後，我隨意從那書架中抽出達文西的《人體解剖圖》來看，此時持續響了一陣子的電話終於切換成答錄機。可能因爲房子太大，這裡的電話都設定響二十聲才會自動切換。電話是瑞穗的母親打來的。「喂，和博？不好意思打來這麼多次。你還是聽我的話去把瑞穗接回來好不好？我想只要你稍微低一下頭，那孩子馬上就會回來的。別看那孩子任性歸任性，其實是很單純的……」

我帶著《人體解剖圖》走向臥房。拉格斐好像還玩不過癮，急忙追了上來。瑞穗的母親似乎以爲和博還在家裡。不難理解做母親的心理，她無論如何都想幫這個年過三十才出嫁的單純女兒度過離婚危機，不過我不認爲他們倆的關係會單純到只要和博低頭就會雨過天晴。從兩人結婚之初，我就看著他們一路走來，我覺得他們夫婦之間並沒有可稱爲問題的問題存在。勉強要說的話，這就是問題所在。因爲他倆都是典型的獨立現代夫妻。有一次，瑞穗說：「我忽然發現與和博一起生活，讓我深深覺得自己是個貧乏的女人，我察覺到自己想要的，是比他更好的人。當然，我不是討厭和博。我很愛他，可是……」我不太瞭解她的意思，但還是回答：「哪個人不像妳這樣呢？而且妳哪裡貧乏呀？」

當然，和博也有他的不滿。他是個寡言的人，平時幾乎不開口。有次和他一起帶拉格斐到駒澤公園的回程中，他說：「舉例來說吧！瑞穗在客廳看電視，然後我就會……，該怎麼說呢，應該說是擔心吧，我會想，兩人老黏在一起，她可能會喘不過氣來，於是我進臥房看書。後來，瑞穗進臥房來，我就想，太亮的話她可能會睡不著，於是又跑到客廳去。不是說我不想和她待在一起，就因爲想在一起，所以才會從一個房間移動到另一個房間去。」

客廳傳來答錄機的聲音。瑞穗的母親似乎正好錄了三分鐘的留言。我躺在臥室裡的雙人床上翻開《人體解剖圖》，拉格斐把我給的葵花籽存滿頰袋後，從我的肩膀爬到了頭上，再從頭上跳到《解剖圖》上。牠反覆地跳來跳去，讓我逐漸感到厭煩，於是把牠推下床。我心想，有時候嚴格的管教也是很重要的，不過拉格斐卻只把我的動作當作是新的遊戲。

達文西的《人體解剖圖》中，有一幅男女性交的側剖面素描。性交正熱烈的男女沿著脊梁切開，標題上寫著「這是達文西最不正確的解剖圖素描之一」，於是我開始玩「找錯遊戲」，想看看是哪裡不正確，卻輕易發現其中一處錯誤。因爲，畫中的陰莖和脊椎間竟然以尿道連接著。如此一來，精子就變成是脊椎製造的了。我心想「該不會……」目光一轉，果然女性身體也有個大謬誤，不僅子宮與脊椎連在一起，還用細弱的管子連接著子宮和乳房。一想到名畫〈蒙娜麗莎的微笑〉也是在這樣的認知下畫出來的，其價值感也隨之蕩然無存。

可能因爲淨看些肝臟或心臟等奇形怪狀的素描，我開始想吃些口味重的東西。到廚房打開冰箱，發現Lohmeyer牌的燻鮭魚，雖然不是我原本期待的味道，不過我還是用法國麵包夾起來，撒上黑胡椒吃掉了。

藉著照顧拉格斐的名義，每天晚上到空無一人的宇田川夫妻家中，已經兩個星期了。就因爲和博的一句話「你住下來也沒關係啊」，所以這幾天我都賴在寬敞的高級公寓裡，獨占這個兩房兩廳。之所以不回到步行只要三分鐘的家，是因爲母親三天前到東京來，霸占了那兒的床。這幾年春、秋季，她都會算準氣候良好的時節到東京來。她並沒有什麼要事，只是想在兒子狹小的房裡待上十幾天，看看戲，到美術館走走，買買東西，忙碌地東奔西走一番之後，才帶著舒暢的心情回鄉下去。母親每半年到兒子的房裡去住上一次，似乎藉此返老還童。如果我拐彎抹角地說「我很困擾耶」，她就會威脅道：「只是住在你這裡而已，又沒有麻煩你幫我做什麼！而且這總比老爸老媽離婚要好得多吧。」她千里迢迢跑到這裡住，如果對她說「別干預我的生活」似乎也太失禮。

瑞穗不知什麼時候曾說過：「我之所以能夠在這裡穩當地過日子，可能是因爲這生活不是我的，而是和博的吧。」說不定，母親也正在體驗這樣的感覺。可惜，我沒有可以帶回家的女人，所以對被丟在家裡的父親感到很抱歉，目前還想不出拒絕母親上東京的理由。

星期六早晨，帶拉格斐到駒澤公園的途中，我在一家賣古董小玩意兒的精品雜貨店發現了一對「人體模型」。那對人體模型不像學校生物實驗室的那麼大，大概只有像「莉香娃娃」肥胖版的大小。剖開的軀體中，塞滿了製作精密的內臟。我讓拉格斐坐到肩頭，在路邊望著櫥窗出神。年輕女店員立刻現身，爲我說明：「這是德國製的玩具喔。」如果沒看達文西那本《人體解剖圖》的話，我想我根本不會看。

「這是要賣的嗎？」

「算是吧，不過這是瑕疵品。」

「瑕疵品？是少了肝臟之類的嗎？」

她笑出聲來。她的耳垂上，該說是耳環嗎，嵌著一個大小像戒指般的粗厚金屬，開了個圓洞。空洞另一邊，看得到駒澤路上塞住的車陣。

「肝臟還在啦，不過這兩具都是女性。看，上面沒有小弟弟吧。」

她這麼一說我才發現，的確，兩具人體模型的股間都光溜溜的。

「多少錢呢？」

「你要買呀？」

「這是要賣的吧。」

價錢是五萬圓，原本就相當薄弱的購買欲也完全消失了。由於拉格斐拉著我的耳朵，催促我快到公園去，我道了聲「再見」轉身要走。這時候她說：「不要讓店長知道喔，我打個折，算你三萬圓好了。」「三萬圓也太貴啦。」我邁步向前邊笑著說，還聽見她在背後叫道：「拉格斐，bye-bye。」

認識拉格斐的人很多。在駒澤公園自行車道上散步時，四面八方都會有人打招呼。拉格斐喜歡狗，特別喜歡黃金獵犬之類的大型犬，不知道是不是我多心，每次只要牠遇到第二球場的辛蒂，眼神就會變得迷濛。辛蒂的飼主是朝野小姐，她是現役鐵人三項選手，也是我們公司主力商品「牛奶沐浴精」的愛用者，還曾爲我們的產品代言：「練習後，只要一泡進加了很多沐浴精的洗澡水裡，就可以感覺到全身各個部位都慢慢放鬆了喔。」趁拉格斐和辛蒂玩在一起時，我向她推薦新推出的鮮果系列產品。

朝野小姐未施脂粉的皮膚相當有彈性，絲毫不受年齡影響。沐浴在陽光下的她，甚至讓人想伸出指尖摸摸看。總覺得連我自己都想誇耀說：「愛用我們公司產品的女性，肌膚眞美。」

回程中，我又順道經過精品雜貨店。之前和我說話的那個女人不在，我還是毫無意願買那對瑕疵品的人體模型，但決定拜託店主讓我摸摸看。人體模型比我預期的來得重，拿在手上沉甸甸的。那是種難以言喻的眞實重量。「這多少錢？」一問之下店主說：「應該是要賣五萬圓的，會給你折扣喔。」我將兩具人體模型放回盒中，說：「下次再過來。」便走出店鋪。

女人在日比谷公園請我喝咖啡的隔天，我也到星巴克買了兩杯摩卡咖啡到公園，準備回請她。可能太久沒踏進星巴克了，又或許因為心裡還掛記著前一天她所說的話，我覺得一個個坐在各桌時髦椅子上，用手機查看電子郵件，或翻閱時尚雜誌，或閱讀口袋書的女客，彷彿都散發出一股讓人難以接近的靈氣。在等待咖啡的時候，我站在櫃檯一角觀察那些女人，這才察覺一項奇妙的共通點。平常，當你單獨走進咖啡店時，應該都會先找靠窗的位置，然後不厭其煩地盯著路上；不過在這裡不論是誰，沒有人的視線是向著店外的。不僅不看向店外，還都穿著看來價值不斐、品味高尚又合身的服裝，不論是髮型還是化妝，或是放在桌上的小東西，全都講究到無懈可擊的地步。然而每一個女人，身上都散發出一種

「別看我」的氛圍。從前，近藤曾笑說：「你不覺得在那家店的女人，都有種高高在上的感覺？她們說：『日本也多了不少家星巴克呀。我還在洛杉磯的時候，日本連一家都沒有。』聽到這些話就很想捏住她們的嘴呢。」

我拿著摩卡咖啡，走向日比谷公園。不過，那個女人已在俯瞰心字池的長椅上喝著摩卡咖啡了。我正思忖著兩個人三杯咖啡該怎麼辦，她卻說：「喂，要不要去向那個人搭話？」她指的是在這公園裡她莫名在意的兩個人，除了我之外的另一個，也就是在噴水池廣場放氣球的老人。「我一直想向他搭話，可就是沒有勇氣，如果有人陪的話我就敢了，而且還有現成的見面禮。」她像是要立刻衝出去似的，邊說邊從長椅站起來。

「搭話後要做什麼呢？」才問完她已經朝通往噴水池廣場的石階走去，並且招著手說「快快」。

在延伸至噴水池廣場的林間小路上，我告訴她剛才看到星巴克情景時萌生的感想。她開始時似乎沒什麼興趣，後來可能是受我幾近執拗的強烈口氣影響，而在小音樂堂後方停下腳步，「並不是要隱藏什麼東西啦。」她直直地看著我說。

「她們看起來就好像暗地裡藏著什麼不想被碰觸的祕密呀。我這麼說並沒有惡意，純粹是因爲她們看起來很酷。」

「她們並沒有什麼要隱藏的。相反的，她是用盡全力想掩蓋自己沒有祕密可隱藏的事實。」

她說完，彷彿重新調整好心情，再次以開朗的聲音說：「走啦。不曉得那個人在不在？」一邊用力推著我的背。

很遺憾地，那天噴水池廣場上看不到放氣球的男人身影。我告訴她「必須回去工作了」之後，在那兒與她道別。由於還有時間，我心想偶爾在公園內隨意逛逛也不錯，便向平時不會涉足、靠官廳街那邊的草地廣場走去。廣場上長椅很少，人也三三兩兩的，看起來只有春陽白費力氣地普照於翠綠的草坪及沙地。草地廣場前方以高籬圍出了六座網球場，近側的三座球場中有些大學社團在練球，有些人圍成一圈接受學長姊的空揮指導。大學時代其實也不是多遙遠的過往，但隔著圍籬眺望著他們的身影，眼前卻浮現出穿著全套網球裝的自己，在他們之中沒有瞄準揮空拍的樣子。我無法判斷自己是比他們快一拍，還是慢一拍；也不知道是在球來之前就已經焦急地揮拍，還是球早就在我的背後了。

同樣是日比谷公園，每個地方的氣氛也有極大的差異。建於網球場後方的紀念碑「自由之鐘」附近，烏鴉比鴿子還多。可能是由於巨木生長茂密，即使是白天也顯得昏暗。這裡也不像噴水池廣場旁的長椅，有粉領族在膝上擺著色彩豐富的便當的身影；不論哪一張長椅上，都有包裹著毯子的流浪漢。當我屏住呼吸想快步通過時，視線忽然停在一條粉紅色毯子上。那條繪著牡丹的毛毯，正巧和我現在房裡用的一樣。它實際比看起來要輕，蓋在喉嚨的觸感也很好。我心想不知道在睡覺的人長什麼樣子，稍微湊近長椅探看，不過看不見男人的臉，只有腳微微露出毯子，烏黑的腳拇趾從破爛的運動鞋跑出來。

沒一會兒工夫走到了健康廣場，我在長椅的一角坐下。抬頭看向面對祝田通興建的政府聯合辦公大樓，裡頭明明應該有幾千人正在辦公，從窗戶卻看不到半個人影。

我癱坐在長椅上，旁邊有個捲起白襯衫袖子的中年男子，正以兩手張開成水平，單腳舉起的奇怪姿勢搖搖晃晃地站著。我一轉頭看他，那人舉起的腳立刻碰到地面。男人靦腆地苦笑對我說：「這樣的話，就是七十幾歲囉。」起初我不知道他在說什麼，只好也報以苦笑。不過當我再看向男人身旁，才發現有個塑膠製的厚板上寫著「閉眼單腳站立」，其下還有個顯示年齡平均值的折線圖。環顧四周，附近還排列著「垂直跳躍」、「立正前屈」等各種簡易測量設施。

「要不要試試看？」

當我環視過廣場的設施後，男人這麼對我說。他的建議或許並不是認眞的，不過他又再度張開雙手，單腳站立給我看。「不，我還是算了。」我立刻揮揮手，卻不自覺的從長椅站起來，走近男人身旁。

「像我還沒六十咧，現在做這動作卻到了七十歲的指數。果然，幾十年來光坐辦公桌是不行的。」

男人說完，忽然咧起嘴笑了。他指著折線圖從二十幾歲的頂點緩緩下降的右端。

「像你這麼年輕，要站到這程度應該沒問題的啦。」

男人的手指順著圖表折線後退，指到頂點處。看來像是要將繪著足型的測量台讓出來，於是我又再度拒絕：「不用了，我不用了。」

「二十幾歲可以站到近一百秒，可是七十幾歲就只剩下十五秒囉。若是這些失去的部分，能讓自己獲得什麼其他的成長就好了。」

面對男人的苦笑，我想安慰他幾句，不過腦中想不出任何詞句。男人將袖子放下，朝天空大大地伸了個懶腰，舉起單手說「那麼再見了」，便邁開輕快的腳步朝霞之門方向走去。

最近，我常在宇田川夫妻家的寬敞廚房裡做菜。我照著像是出自瑞穗手筆的食譜去做，不過那些筆記裡並沒有菜名，只寫著：①洋蔥切細丁，薑磨成泥；②把絞肉及味噌放入缽中，充分攪拌直到黏稠；③將蛋打散後加入①然後再充分攪拌……，等步驟，所以不實際做到最後，根本不知道自己做的是什麼。照著食譜順序做出來的，像是一種中華風味的豆皮壽司。味道還不差，但不知爲何下午吃特別難消化。

傍晚接近尾聲，我回公寓拿換洗衣服。

窗簾軌上掛著幾件時髦的洋裝，看來母親似乎還是一樣，在外頭遊山玩水。平常散落著醬料、美乃滋、雜誌及菸灰缸的雜亂桌面，被收拾得整整齊齊，上面擺了一盆不知何時買的、插滿了百合、看來很高級的玻璃花瓶。花瓶旁有張小小的便條紙，上面寫著「近藤來電，20：15」

公司那個近藤不曾打電話到家裡過。看來，也許是高中同學近藤。不過我和她已經半年沒聯絡，而且如果是她，應該會打手機。心裡有些在意，不過我還是決定先收拾換洗的西裝和襯衫，順便把要在健身房穿的T恤也塞進包包。

平常一個星期有三天，我會在回公司的途中去市之谷的健身房練身體。這幾天傍晚的工作經常拖過下班時間，所以都去不成，它的月費高達一萬五千圓，但總比心一橫買下總務五十嵐先生推薦的電視購物腹肌鍛練機，卻發現沒有效果，而將它束之高閣還來得有經濟效益。

剛開始是近藤擔心他那個啤酒肚，所以找我一起加入健身房。後來他卻說：「只要想到工作結束後自己還花錢去踩『不會前進的腳踏車』，或舉一些『重物』，就覺得一肚子氣！」所以，近藤一個月後就退會了。起初我並沒有想鍛練身體的意願，對沒有勝負的運動也完全不感興趣，不過有一次有氧運動的初級教練桂木在健身房的三溫暖室找我說話，熱情地對我述說他對於訓練效果的想法，讓我覺得或許被騙一陣子也無妨。他是這麼說的：

「只要一經鍛練，就可以清楚看到自己身體的變化。不是我自戀……，譬如說上臂的二頭肌，或是大腿的四頭肌，那一條條肌肉會變得很可愛哩……，該怎麼說呢，那種多餘的東西被削去的感覺吧，或者是只剩下必要東西的感覺……」

開始喜歡上自己的每條肌肉，到底是什麼感覺呢？

此後，我就照著桂木規劃的課程，一個星期練三次。桂木說：「當你在做腹肌運動時，意識要專注在腹肌上。」還說：「要想像充血的腹肌震動、收縮及放鬆的樣子。」這話聽起來很恐怖。

除了桂木的肌肉訓練課程外，我這半年來也到游泳池游泳。剛開始只是打算在肌肉訓練後紓緩一下身體，所以都是小游一下而已；不過最近那裡出現了一個男人，只要我去地下室的游泳池就一定會打照面。別說是紓緩身體了，我們對彼此燃起了競爭意識；他如果游一百公尺，我也會游一百公尺；他如果游蝶式，我也秀出得意的仰式。結果比肌肉訓練還要耗費體力。那男人和近藤差不多年紀，長著熊一般的胸毛。不知是不是我多心，若是我游累了喘得很兇，他似乎會「哼」地嗤鼻一笑。即使如此，只要那個男人從對面向我游來，我就會不認輸地朝對面游去；兩人若在泳池正中央擦身而過，彼此就在水中透過蛙鏡相互瞪視。地下室二十五公尺的游泳池裡只有三條水道，我們兩人一旦展開寂靜的競賽，其他會員便提心吊膽地往最旁邊的水道移動。此時游泳池就會變成第一水道是我，第二水道是胸毛男，而第三水道則是五、六個人「摩肩接踵」地游著。

收拾好西裝、白襯衫後，打開冰箱發現了一瓶鮮奶，大概是母親買的，不加思索便把滿滿的蛋白質一飲而盡。

要回宇田川夫妻家前，我打了近藤的手機。今天好像是近藤每隔兩週與春子見面的日子。他說：「我才剛把她送回前妻的娘家，現在正要回家去。」我問他：「你昨天打電話到我家嗎？」他淡淡地答道：「我？沒有啊。」

「這樣啊，那果然是我朋友打的了。」

說完我要掛電話，近藤搶先道：「喂，等一下。這樣就結束了喔？」看來環七路上似乎塞得很厲害。

「難得你會在假日打電話來，我還以爲你有什麼事要和我商量，心裡怦怦跳咧。」

「我沒事要跟你商量啊。」

「喔，那就好。」

「有什麼好緊張的？你以爲我想跟你商量什麼？我很想知道耶。」

「不是啦，就是……，我以爲你會不會說想辭掉工作什麼的。」

「我？辭工作？爲什麼？」

「我也說不上來……」

「我看起來像想辭工作嗎？」

「不會啊，不像……」

或許像我和近藤這般，假日不打電話給前輩同事的人，是另一個國度的人吧。

從我家到宇田川夫妻的高級公寓，必須經過駒澤公園西側的硬式棒球場，正好是由三壘位置走向一壘方向。每到櫻花盛開的季節，就能飽覽莊嚴的夜櫻美景，不過這條路在夜裡獨行太危險，我盡可能要母親從車站搭乘計程車回家。

我一邊走回宇田川夫妻家，一邊打電話聯絡高中同學近藤。我越過公園圍欄，櫻花瓣也散落在步道上。拉格斐極度厭惡櫻花瓣。那一片片散落的櫻花瓣對牠來說簡直像是死纏不放的蒼蠅，總是揮手驅趕。電話鈴聲持續響了很長一段時間，近藤終於接起了電話，劈頭就說：「我昨天和小光見了面，她好像要結婚了。」我不禁停下腳步。我知道小光這一年來和一個小學老師交往順利，不過兩個月前通電話時，她本人還說：「作爲結婚對象的話，要再考慮考慮。」

「和……，和誰？」

自己的聲音迴盪在夜晚幽暗的道路上。圍牆另一邊傳來狗兒的吠叫，我慌張地加快腳步前進。「你不知道嗎？」近藤的聲音摻雜著些許同情。

「我聽說是個在小學當老師的人，不過沒仔細問就是了……。你們不是新年的時候在這裡見過面？那時候，小光什麼也沒說嗎？」

我忽然回過神來，自己停下了腳步，無力地倚在電線杆上。可能我的背影看起來像在隨地小便吧，騎過來的腳踏車經過我時像是畫弧線般的避開。望向大馬路，有個巡邏中的警察停下腳踏車，從遠處盯著這裡瞧。想到如果被盤查就麻煩了，於是我問：「我現在人在外面，等一下再打過去。你有沒有什麼要緊事？」她立刻說：「啊，對了對了，我上個月生了第二胎。一直想向你報告。」我不加思索地說了聲：「嗄？」我並沒有忘記近藤三年前的第一個孩子胎死腹中的事，但話迸出口的同時，才猛然想到這一點。近藤坦然地告知「第二個」的字眼重重地迴盪在我心底。

「之前通電話的時候，妳怎麼都沒提？」

「那是半年多前吧？我也是在那之後才知道的。」

我很想問她是男孩嗎？還是又是女孩？卻始終問不出口。況且，總要先知道寶寶健康與否，才能對她說：「恭喜妳，太好了。」

「有三千兩百公克喔，這次是個男孩。其實我原想早點告訴你的……我本來打算先告訴你，要你送個比別人都貴的生產賀禮……。不過我怕把懷孕的事告訴了別人之後，又會……」

我聽著近藤有點哽咽的聲音，直覺她必定正順利地哺育著第二個寶寶。我對近藤說：「恭喜。我會的，我會送妳最貴的禮物。」

發現第一個孩子是死胎後，近藤在醫院住了很長一段時間。不是身體的關係，而是她的心未能恢復。我請了特休去探望她，不過近藤完全不想理我，所以我也只是沉默地坐在她床邊。她的丈夫原本每天都會去探望她，可是他必須出席一個會，所以那個星期到首爾出差去了。

護士來收走她完全沒有動的晚餐之後，近藤斷斷續續地說起話來。窗外濃豔的晚霞正逐步暈染開來，近藤衰弱地笑著說：「我不是打從寶寶還在肚子裡時，就老在說寶寶可愛得不得了嗎？那是騙人的。」她平靜地接著說：「寶寶在肚子裡時，我真的感覺那只是個異物而已。好像是個不知被誰硬塞進來的東西……」

「可是，在寶寶離開我身體的那一刻，我的心底湧出一種感覺：這孩子是屬於我自己的，這個寶寶是我身體的一部分。在分開的一瞬間，我就是寶寶，寶寶就是我；寶寶是我的一部分，我是寶寶的一部分。」

近藤淡淡地這麼說，沒有流淚，也沒有勉強展露笑顏，當會客時間結束，我說「明天我會再來」走出病房時，近藤從床上叫住我：「我沒事了。和你見了面，好像精神都來了。老是待在醫院也不是辦法。」一邊說一邊下了床，想送我到門口。

「最後我好說歹說，才讓他們准我抱了抱寶寶。我心想，爲了這個孩子我什麼都願意做！可是那孩子……該說是任性嗎？竟然連雙眼都不肯爲我睜一下……」

在電梯裡，那一天近藤頭一次笑了。

我在宇田川夫妻家的客廳中，用靜音看了三十分鐘的〈NEWS STATION〉，然後幫拉格斐洗澡。新聞畫面，特別是播報戰禍的影像，關掉聲音來看的話，人類就只是一具具軀體，這在螢幕上成了一件再自然不過的事，給人一種新的衝擊。一旦轉開音量，不論是賓拉登、布希、包威爾、夏隆、阿拉法特，或是新聞旁白，吐出的都是連串艱澀的詞句，彷彿那些詞句孕育出思考，而這孕育出的思考又在醞釀著什麼。如果把聲音關掉，就完全無法看出人類的思考了，所看到的只是或走、或坐、或躺的人類軀體罷了。賓拉登的瘦削軀體，不會讓你覺得他會行什麼惡，而布希的健康軀體，相對地也不會讓你覺得他能解決什麼事。在沒有聲音的新聞影像中，不知道為什麼，好像只有軀體正在遭受不當的侵害。

拉格斐很討厭洗澡，每次我幫牠洗澡，必定會上演一場肉搏戰。正當我押著不情願的拉格斐，硬是在牠毛上倒下洗髮精時，瑞穗拖著旅行用的大行李箱回到久違的家。她打開洗澡間的門，稍微探進頭看到我滿是泡泡的臉，無精打采地慰問道：「真抱歉。」我問她：「妳要回來了嗎？」她說：「我只是回來拿換洗衣物而已。」我沒其他話可說，於是又回到和拉格斐的搏鬥中。

我將全身溼透的猴子用毛巾包起來回到客廳，瑞穗似乎已打包完畢，正在看靜默的〈NEWS STATION〉。拉格斐跳出毛巾想爬到好久不見的飼主肩上，卻被瑞穗無情喊了聲「擦乾再來啦」。不知是因為萬分懊惱還是故意示好，牠撲到我的腳邊來。

「又要回到朋友那兒去呀？妳好久沒回來了，今天就住下來吧。」

我幫拉格斐擦拭毛髮，邊這麼說。瑞穗沒搭腔，我再問：「雖然是朋友的地方，還是會覺得不自在吧？」她立刻回答：「她現在飛到羅馬去了，所以只有我看家。」

「對喔，她是個空姐。」

「空姐最近好像沒這麼紅了。以前的話，那是女孩子未來夢想的第一名，不是嗎？不過現在好像連前十名都排不上了，一旦有什麼突發狀況，做這行的可就糟了……」

瑞穗與和博似乎有時會通電話。不知道他們談的是不是如何解決問題，不過如今連問題是什麼都不明朗的情況下，談起來想必相當辛苦吧。

我擦完拉格斐的身體後，遞了個草莓冰淇淋給瑞穗。

「妳看起來好像很累。住下來嘛。」我再次勸她，她漫不經心地說：「車子在底下等我。」

「車子？計程車？」

「不是啦，我請公司同事送我來的。」

我從沙發站起來，打開窗戶往下看，一輛曾流行過、像玩具的小型敞篷車閃著車燈停在公寓前。那種車子好像叫做環保車吧！瑞穗問：「她在做什麼？」我說：「嗯……，好像是在玩車子的定位系統。」

過了這麼久飼主終於回到家，拉格斐非常興奮。從沙發跳到桌上，嘈雜地叫嚷著，一會兒跑上書架，隨即又跳到窗簾上去，不斷地表演驚人的絕技。

「與和博談得有進展嗎？」

我坐回沙發，將瑞穗沒動過的草莓冰淇淋據爲己有。

「現在的情況是我們太過在意彼此，結果弄得很難有什麼進展。你想嘛，如果我們兩個是那種心底有什麼話，全都能掏出來講的個性還好……，如果彼此都是那種個性的話，事情也不會搞到這步田地了……」

「妳記不記得我在電話裡說過，前些日子在日比谷公園遇到了一個怪女人。」

「就你在地鐵認錯人，還和人家說話的那個？」

「是呀。最近，我偶爾會在公園和她聊聊。她講過一件事蠻有趣的，她說，因爲討厭自己沒什麼要隱藏的，所以才會勉強裝模作樣，讓自己看起來像是藏著什麼似的……。我們好像是在聊星巴克的女顧客提到的吧。」

「大概是多大年紀的人？」

「和妳差不多吧。」

「戴眼鏡嗎？」

「眼鏡？爲什麼這麼問？」

「沒什麼，總覺得……」

「她沒戴眼鏡。」

外面街道上響起激昂的喇叭聲。我急忙從沙發站起來，從窗戶看看底下的道路，不過瑞穗的同事還在玩她的定位系統。那喇叭聲似乎是別部車對一輛沒靠路邊停放的環保車所發出的。

「我差不多該走了。」

一回頭，瑞穗拖著行李箱正要往走廊去。也許是心理作用吧，我覺得拉格斐隨後追去的背影看來有些落寞。

「剛剛的喇叭好像是別部車按的。」

「眞的嗎？她在做什麼？」

「還在玩她的定位系統。」

結果，瑞穗還是離開了。我把從走廊跑回來的拉格斐抱上肩，自窗戶往下望，看見她拉著行李箱，雙肩低垂、步履蹣跚地出現。她沒有抬頭看房間的窗戶，就坐進了小型環保車的副駕駛座。他們兩人分居的日子，或許會持續到彼此連分開的力氣都消逝爲止吧。

我完全睡不著。雖然晚上睡不著也沒什麼奇怪，我還是睜開了眼睛，感覺連自己的體溫都對睡眠造成妨礙。從前像這樣只要茫然盯著黑暗天花板一久，乾脆就上街頭慢跑來調整心情。最近慢跑的次數減少了，不是因爲失眠夜減少，只是因爲在市之谷健身俱樂部已經練到整個人疲憊不堪，一上床就像是電源被切掉般地立刻入睡了。或許我就是爲了順利入睡，才會去舉啞鈴、踩腳踏車、用蹲舉訓練架強化大腿，甚至桂木一約，我連有氧運動都去上了。

我爬下床，想去喝點水。拉格斐縮成球狀在床底下睡覺。我走到廚房，從冰箱拿出EVIAN礦泉水。在漆黑的客廳沙發上喝水時，看見一大輪蒼白的月亮掛在夜空一隅，令人怪不舒服的。我將EVIAN放回冰箱，在運動服外罩了件防水夾克。反正也睡不著，乾脆到駒澤公園附近走到累爲止吧。

步出公寓，春夜特有的，如同床單餘溫般的微微暖風撫弄著雙頰。穿了五年的運動褲鬆緊帶已經鬆了，只要一邁出步伐就會往下滑落。我想把褲繩綁緊，不過一邊褲繩的前端縮到繩口裡去，找不出來了。

我沿著車輛稀少的駒澤通，優閒地朝田徑場走去，途中又經過了先前那家精品雜貨店。也許因爲沒開燈，我沒留意到那家店，快要走過時，眼睛餘光瞥到了人體模型。兩具人體模型在漆黑的櫥窗中，被擺成手牽手的姿勢。人體模型不知何時被掛上了全新的價牌，標籤上的五萬圓被紅色的╳字劃掉，不過更新後的價格沒有寫上去。在月光下模型的皮膚看來更爲蒼白，一具內臟外露，另一具的腹部則好好地關著。總覺得兩具人體模型好像比我請店家從箱中取出，讓我掂掂看時還來得重。我忽然在想，搞不好腹部緊閉的那一具沒有塞內臟。當然隔著玻璃無法判斷，不過我就是莫名地覺得那緊閉的腹部裡面空空如也。果真如此，內容物是放在哪裡呢？當我向幽暗的店鋪深處望去，裝飾於深處的鏡子上，反射道路對面錄影帶店看板的「影帶出租」四個字。在那些字的旁邊，也就是我身後的綠燈已經開始閃爍，於是我跑步越過斑馬線。

這附近沿街蓋了好幾棟樣品屋，徹夜燈火通明，就像是夢境成真一般。二十四小時營業的平價餐廳裡，幾乎沒有顧客的身影。以前我曾因半夜忽然想喝玉米濃湯，獨自進去過一次，此後就再也沒有光顧過了。

走過樣品屋這塊區域，進入通往一般住宅區的小巷之後，四周突然暗了下來。抬頭一看，電線杆上的街燈連著三盞都壞了。周圍家家戶戶的窗內也都沒有燈光，也許是黑暗的關係，讓聽覺變得特別靈敏，甚至還能隱約聽見一群似乎在遠處公園中央廣場嬉戲的少年，在水泥地上溜滑板的聲音。

這附近獨棟住宅很多，其中也有依傳統形式建築的公寓，公寓上零星幾戶點著燈。我步出宇田川夫妻家時已經過了三點半，所以現在差不多是派報機車出動的時間了吧。

走到L字型路的盡頭一轉彎，有件藍色的襯衫掉在路上。不知是哪裡晾的衣服被風吹過來的，上面還有洗衣店的簡易衣架。我撿起一看，是GAP的棉質衫，男性的尺寸。我環顧四周，眼前就有棟公寓，一樓最前方的房外還晾著一樣洗好的衣物。公寓一樓排列著四間套房式的房間。不論哪一扇，上下滑動窗的窗簾都緊閉著，沒有一戶亮著燈。我想把襯衫物歸原主，於是跨過矮欄，進入公寓用地內。因爲那裡放著洗衣機，我原本打算放在那上面就好，但可能因爲手上的襯衫已經完全乾了，於是反射性地取下衣架，快速地把衣服摺好。我將摺得整整齊齊的襯衫放上洗衣機後，目光隨即望向其他晾著的棉質運動服及T恤。只要一伸手，指尖便能碰到愛迪達白色運動服的袖子。看來，要將運動服從曬衣竿上取下似乎很容易。房間的住戶一定正在窗的另一邊，香甜地沉睡著。如果裡面的人早上起床，邊打哈欠邊打開這扇窗，卻看見原本晾著的衣物井然有序地疊好時……。此時，隔壁房裡傳來了聲響，像是有什麼東西倒了下來。我慌張地離開那裡，跳過矮欄。回頭一看，只剩白色運動服在曬衣竿上搖晃。

由住宅區走回宇田川夫妻家的沿路上，我發現自己一直在注意家家戶戶的陽台。在這之前我從沒有注意到，竟然有這麼多人把洗好的衣物晾著沒收。我所穿越的街道，淹沒於晾在戶外的衣物中。

聽說美國亞特蘭大郊外，有個急速成長的企業叫「CryoLife」。該企業不論是在《Inc》或《富比士》等雜誌中都被評選爲最優良的企業之一，並且以提供高品質服務爲宗旨。這家公司賣的是人體組織，他們將世界各國送來的心臟瓣膜、血管、肝臟、軟骨、阿基里斯腱加工後銷售。這是星期一午後我在心字池長椅和她碰面時，她告訴我的。好像是因爲我說到達文西的《人體解剖圖》錯誤連篇，才會談到這個公司的話題。我之前根本沒想到人體買賣是合法的，所以她的話對我造成不小的震撼。「可是，我們可以買卻不能賣喔。」她說。我不太瞭解她的意思，反問：「不是把人體組織買進來，加工後再賣出去嗎？」她立刻說：「不是那樣的。是請別人免費提供，再加工銷售。」

「那，不就是零成本？」

「還是免不了要一些人事費用，不過材料費用的確是全免。」

突然間，橫躺在櫥窗中的人體模型浮現眼前。

「應該說，原料是大家的善意比較貼切吧。」

「這話怎麼說？」

「就是說……」

她話說到這就停了，但好像又想到了什麼笑了出來，「說到這，我們兩個就是在呼籲捐贈器官的廣告前認識的吧。」她窺視著我的臉。「死亡之後，尚能活下去的……，就是你的精神。」我們兩人不禁同聲低喃。這個世界上眞的存在著一家公司，將人們的善意加工後販賣，而且還是一家登上《富士比》雜誌的優良企業，這實在讓人缺乏眞實感。

「不過，眞的讓人心裡毛毛的呢。怎麼說呢，如果隨著時代演進，這種事也變得稀鬆平常的話……」

「不需要這麼嚴肅吧。」

「可是，怎麼說呢，只要想到我的心臟、肝臟呀，還有眼球什麼，有一天全會變成別人的東西，就會覺得自己這個身體也是可以出借的，不是嗎？」

「可出借的……，嗯。只有外表是個人私有的東西，內在器官全是人類的共有物。和公寓正好相反，因爲公寓的內部是私有物，外部才是共有的。」

我聽到「公寓」兩個字，想起了宇田川夫妻的家。現在我在他們夫妻家中過日子，而那對夫妻則各自在別的地方生活，至於我那個大部分時間都不在的狹小公寓，則由我母親無拘無束地閒居其中。

約定三點半碰面的近藤遲遲沒有現身，所以我和她多聊了十五分鐘左右。或許是春假的關係，園內有很多小孩子，他們像是要打擾悠然享受午後時光的大人，故意把滑板弄出嘈雜的「喳喳」聲響。雖然公園內應該是禁止溜滑板或騎腳踏車，我卻覺得那些孩子就是因爲禁止才來的吧。

「你有女朋友嗎？」

「嗄？」

她的問題有些唐突，卻如同櫻花瓣翩然落到水面般，是一種非常自然的唐突。

「我沒有女朋友啊。」

「答得眞直接。」

「沒必要裝模作樣嘛。」

「已經很久都沒有了吧？」

「問得還眞直接。」

「沒必要裝模作樣呀。」

五分鐘之後，近藤打我手機說：「我會遲到，你先去吧。」在那五分鐘之間，我不禁告訴她小光的事。從初見小光的印象開始，包括那唯一一次的吻，之後也如同朋友般持續往來，連最近被告知她即將結婚的現況，我都沒有誇張、也沒有省略的，淡淡地全告訴了她。期間，她偶爾會發出「喔……」或「嗯……」等漫不經心的應和聲。但當我說完，她卻冒出奇怪的話來，「……喂，那個叫小光的女孩子，眞的存在嗎？」霎時，我感到不知所措。「眞、眞的存在呀！妳是在問小光實際上是不是眞有其人嗎？」我這麼一反問，她笑了，「眞的在就好呀，沒必要反應這麼大吧。」

彼此的對話似乎怎麼樣都不對盤，兩人就這麼望著心字池的水鳥。

「怪不得你會有那種表情。」

她的目光追逐著激起漣漪的水鳥說道。

「哪種表情？」

「像是額頭上寫著『橫豎如此』四個字的臉。」

我不由得摸摸額頭，她立刻在一旁瞄著我笑。

「那，十年來你一直懷著無法結果的仰慕之情活過來的囉。」

「沒那麼誇張啦。」

「這沒什麼好害臊的嘛。你應該抬頭挺胸地說：『我愛著一個女人十年了。』」

「妳現在會這麼說，可是如果看到我躺在房間的床上，抱著足球抱枕，看著電視咧嘴大笑的樣子，就會想收回剛剛那句台詞囉。」

約莫此時，近藤來電。我掛斷電話，她說也差不多該回去工作了，於是我們一起從長椅起身，在心字池畔道別。分開時，她說：「喂，明天，你可不可以早點過來？」問她原因，她答：「可以的話，要不要一起去看攝影展？」由於沒什麼特別可拒絕的理由，於是我爽快地允諾。據她說，攝影展是在銀座八丁目的藝廊舉行。

和她分別後，我一人往日比谷出口走去。噴水池廣場的長椅全被看來有些疲憊的上班族坐滿了。從前，我曾問過近藤：「為什麼大家都到公園來？」近藤難得認眞思考再三後，只是乾脆地說：「不就想鬆口氣嗎？」我懶得回應這個輕率的答案，正想結束話題時，他卻說：「你看，在公園就算什麼都不做，也不會有人管你吧。反之如果想做些推銷或演講，還會被趕出公園哩。」這次，我點點頭說：「確實是這樣。」近藤很滿足地拍我的肩膀，笑說：「所以，我才沒辦法像你一樣喜歡公園呀。我的個性就是這樣，人家越不准我做什麼，我就越想做做看！」

那晚，我打電話給許久沒聯絡的小光。她似乎剛洗完澡，稍微手忙腳亂一陣後，還是一如往常地耐心應答，誇讚今年過年我們一起去的義大利餐廳，又說到

「這一陣子花粉症很嚴重，難受極了」等。我一邊拿葵花籽給拉格斐，一邊詢問她的近況，卻覺得小光的說話方式猶如雪地上行走，每一個遣詞用句都蘊含著力量，絕不會加快腳步或舉步奔跑；有時會咻的一聲滑倒，不過她拍拍屁股上沾著的雪站起身時，臉上所顯露的笑容會讓當場的氣氛變得好暖和。

「也沒有什麼特別的事。」我在電話中數度為突然來電一事道歉，然而小光每次聞言就會說：「沒事還打來的才是朋友。」簡直像是昔日青春連續劇的台詞。錄放影機的時鐘顯示我打電話的時間是「20：34」，掛上話筒後是「20：43」。差一分鐘就正好十分鐘了，我並不是說要用那一分鐘來說什麼，只是覺得應該可以用那一分鐘再說些什麼。在九分鐘的對話中，小光談到在錄影帶上看到的一部希臘電影，叫做《永遠的一天》。她似乎是邊擦乾頭髮邊說話，話筒那端有時會傳來與毛巾接觸的沙沙聲響。結果，小光並沒有說出結婚的事。

一掛斷電話，原本在地板上跑來跑去的拉格斐突然跳上我的背，牠想抓住棉質運動服的衣領，所以手輕撫過我的脖子。我的背脊不由得因此往後一仰，那個樣子正巧映照在我面前的鏡子上。想起在日比谷公園中，她說的「要抬頭挺胸呀」，笑意不禁湧上心頭。

淋浴過後，我帶著拉格斐外出。晨間的話，牠會東奔西跑地幾乎要把繩鏈扯斷，不過到了夜間卻似乎很害怕，根本不想從肩膀下來。在「熱燒便當店」裡，有附近體育大學學生的身影。雖然我現在一個星期也上三次健身房，然而他們為了獲勝而正式訓練的身體，就是會讓人感到一股殺氣。目光望向便當店後面這附近被馬路包夾的巷子裡側，可以看到自己的公寓正亮著燈。雖然沒什麼要事，不過也許就因為是母子，才會沒什麼事還特意去探望吧。

母親一見拉格斐便發出尖叫。叫嚷著「別過來」，同時從房間的一面牆逃到另一面牆去，一邊還說些莫名其妙的話：「比起牠來，你剛出生的時候人模人樣多了。」在伊勢丹百貨紙袋環繞下的她，似乎剛剛準備到狹窄的浴室裡泡澡，所以她把我從公司帶回來的好幾種沐浴精樣品排列好，正陷入不知該選哪種的極度煩惱中。

雖然覺得有點可憐，我還是把拉格斐綁在冰箱把手上，把牠隔離在廚房裡，然後喝了母親泡的番茶。我問道：「這次打算待多久？」她說：「我搭後天的班機回去。」她說父親從昨晚開始發燒，一直打電話來催她快點回家。「這樣還要留到後天才回去？」壞心眼的兒子問完之後，她舉起伊勢丹的紙袋對我說：「明天沒有優惠機票啦。你看，我花了不少錢呢！」手邊的紙袋裡裝著件V領毛衣，看來是要給父親穿的。

「雖然做兒子的說這話有點奇怪，不過媽媽們好像總是占上風的那一方？」

我一邊倒著番茶，一邊說道。母親不知是否會錯了意，像是聽到什麼重大事件似的，臉上閃過一陣緊張。

「幹麼突然冒出這麼一句！」

「沒有啊，只是忽然有這種想法而已。」

「讓你住家裡的那對夫婦，還沒回來嗎？」

「嗯，還沒。」

「那你都在那裡做什麼？」

「說做什麼嘛，也沒什麼……。就是照顧猴子，獨占又寬又大的客廳。」

放滿了熱水，母親拿著牛奶沐浴精走向浴室。她戒慎恐懼地和拉格斐保持距離地走過廚房。「那隻猴子今晚該不會住在這兒吧？」她從浴室中問我。又叫：「把牠帶回去喔。」話沒說完，浴室裡已傳來她浸入澡盆的嘩啦水聲，並且還發出連在外面都清楚可聞，像是鬆了口氣的哈氣聲。

我解開拉格斐的繩鏈，讓牠進到房裡。目光望向桌面時，看見有張摺好的便條紙。我懷著愧疚打開來看，似乎是寫給父親的信，裡面寫著兒子說不出口的甜言蜜語。最後才像是附帶一提的報告了我的近況，短短三行，就用了四次「還是老樣子」。也是因爲這次碰巧用照顧拉格斐的名義住在外面，所以鮮少和上東京的母親見面，不然的話，平常像這種情況，幾乎每晚都要和她大眼瞪小眼。星期一到星期五即使去上健身房，九點之前也一定回到家，週末就整天在房裡看電視或看書。就算母親在我這裡住下，這習慣也沒有因此而改變；不過她有時會說：「別管老媽了，去玩吧，不要緊的。」大概誤以爲我週末沒安排活動是因爲她。我從學生時代就是個不喜歡出門的人。即使如此，只要朋友堅持邀約，我還是會到澀谷吃喝一番，或參加兩天一夜的滑雪旅行。但是，開始工作之後，那些會邀約的朋友也沒時間打電話邀我，自然而然也就疏遠了。到底應該堅持到什麼地步才好呢？每當察覺時，那個時機似乎溜走了。近幾個月，除了偶爾受邀到宇田川夫婦家吃晚餐之外，我絲毫沒有在假日坐電車外出的記憶。而且我這些日子會頻繁地到宇田川夫妻家去，追根究柢恐怕也是因爲他們現在不在那裡。

隔壁住著一名年輕女子，或許是因爲她習慣到窗邊講電話，對話常會被我聽得一清二楚的。雖然沒很仔細看過她的長相，不過只要一到星期六中午，就會有五、六個朋友拚命打電話來邀她出去玩。有時候她心情好，便會約好時間，有時候又會拒絕所有朋友的邀約，然後忽然傳來高分貝的音樂。說不上來爲什麼，如果她週末有約的話，我也會爲之鬆一口氣。我告訴近藤這事，他笑著說：「我也是這種人哩。至少週末，要讓身體好好休息一下才行。」不過以我的情況而言，說是要讓身體休息，不如說讓嘴巴休息比較正確。雖然我不是和博，會爲了想和老婆在一起，從一個房間移到另一個房間去，但正因爲想和身旁的人好好交往，才會想至少在週末這兩天不和任何人見面、不和任何人交談。

我將母親寫給父親的信歸回原位，在自己暌違已久的床鋪躺下。母親似乎好巧不巧地從書架上選到了飯島愛的《柏拉圖式性愛》，正好被翻開約一半，面朝下地放在枕邊。

之後，我拉下抓著窗簾想往上爬的拉格斐，打開電腦收信。已經快一個星期沒開信箱了，卻只收到了兩封信。第一封是通知我之前訂的妮娜・席夢（Nina Simone）的ＣＤ已經沒有庫存，另一封是報告「我的分身」目前正在佛羅倫斯旅行。這是某個網頁上的遊戲，爲分身取名並選擇「踏上旅程」後，那個分身便會自己到世界各國去流浪，還會把造訪過的街道照片或模樣以電子郵件寄回來給我。說起來，我已經到過德國及加拿大了。

第二天，公司早上開了一整個早上的促銷會議。前一夜，我將電腦帶回宇田川夫妻家，上網直到半夜，所以會議一開始，我便感受到強烈的睡意，鄰座新宿區負責人豬口先生，從桌底下捏了我大腿好幾次。會議討論的是女性雜誌上刊登跨三頁篇幅的廣告照片一案，當部長忽然要求我發表意見時，我急中生智的發言：「不如每種水果選不同的動物來照怎麼樣？譬如說柑橘系列用猴子、芒果＆水蜜桃用牛；萊姆系列用馬之類的。」竟然意外獲採用。我因此取代了提案以水果介紹亞洲各地海灘的澀谷區總負責人田所先生，還被指派參與和設計師的磋商。

會議一直持續到午後。由於公司小，連客戶老闆的女兒結婚該送什麼都成了討論議題。

下午搭地鐵去日比谷時，電車又在前一站霞之關停下來不動了。由於我乘坐的車廂和所站的位置每天都一樣，隔著玻璃窗一定都會看見日本臟器移植網站的廣告看板。我總是有種她還站在身後的感覺，一回頭，一個在薄外套底下穿著桃色護士服的十五、六歲女孩，以奇妙的節奏搖頭晃腦地站在那裡。

電車恢復空調，鳴笛響起，車門也關上了。移植網站的廣告緩緩地從窗外流洩而過。仍然以奇妙的節奏搖頭晃腦的假護士少女身影，映射在車窗上。

我比平常提早半個鐘頭進入日比谷公園。昨天她只說「可不可以早一點過來」，也沒有決定時間就分手了。我自行判斷所謂的「早一點」，三十分鐘應該足夠了吧。不過我步上俯瞰心字池的崖上一看，卻不見她的蹤影。不知道是太早，還是太晚到了，在長椅上等了約十分鐘後，眼睛捕捉到池子對岸，拚命揮手的那個身影。或許是因爲她將平時披散的頭髮全都綁到後面去，從遠處看來，那細長的脖子仍然白皙耀眼。我站起來，也揮了揮手。她似乎顧忌旁人的目光無法大聲說話，不過從其嘴型可以看出「噴水池廣場」。我大大地點頭示意「知道了」，並隨即望向廣場那邊；可是由於樹木的阻擋，我什麼都看不到。一轉回視線，她已經不在那兒了，步向廣場的背影才剛消失在樹林間。我急忙抱著手提包離開長椅，在延伸至廣場的池邊小路快步跑了起來。我們正好在廣場入口遇上。我問：「怎麼啦？」她有些興奮地指著廣場一角說：「你看，今天有來耶。」那裡的半空中飄著一個小型氣球。紅色氣球並不是因爲從遠處看所以才顯得小，實際上它只有人頭一般的大小，高度正在高個子男人一跳就能碰到的半空中，搖搖欲墜地飄浮著。

「不是要去看攝影展嗎？」

她已經邁出步伐向前走，我對著她的背影問，「那個明天再看也行啊。他最近都很少出現了呢。」她頭也不回，逕自前進答道。

中午已過，也過了外出人潮的高峰，於是仍在噴水池廣場的長椅虛度光陰的公司職員頗引人注目。其中並非沒有人被那飄浮在半空中的氣球所吸引，有幾個人茫然地望著，不過那氣球的浮力不穩定，最後連那幾個人也喪失了興致。

有個體格健壯的白髮老人在氣球正下方抬頭仰望。我被她拉著接近那老人身旁，才發現氣球上綁著細繩，繩子就繫在地面上一個狀似保險箱的盒子，藉此讓氣球無法再飛高。

「午安。」

她出聲問候，男人還是仰望著氣球文風不動。她戳著我的腰，小聲地責難：

「你也說呀。」

「要說什麼？」

「你不想知道他在做什麼嗎？」

「做什麼？不就是在放氣球嗎？」

當我們兩人低聲咬耳朵時，他流暢地拉回繩子，將方才飄浮著的紅色氣球收回抱在手上。

她不斷地從旁戳著我的腰，於是我不好意思地出聲問道：「請……，請問……」男人總算轉向我，不耐煩似的說：「如果不問『爲什麼』，就告訴你們。」

「嗄？」

霎時我無法瞭解男人在說什麼，直盯著他的眼睛。

「我是說，如果不用『爲什麼』來問我理由，就告訴你們呀。反正你們是來問這個的吧？」

男人正好用我抱拉格斐的姿勢，抱著紅色的氣球。這時，她往前踏出一步，對男人說：「好。我們不問『爲什麼』，所以請告訴我們。」一方面可能因爲男人粗魯的態度，讓我不太想和整件事扯上關係，但是因爲她挽著我的手，往前跨出一步，我也就跟著自然而然地來到男人面前。廣場上有這麼多人，卻沒有人看著我們。

「還得再改良才行……」

男人邊說邊將收成一團的細繩放回紙箱中。她和男人一起彎下身，我的手被她這麼一拉也只好跟著蹲下。

「……沒有風的日子還可以筆直地上升，沒什麼問題。不過打轉的情況很嚴重，你看這氣球，一邊上升一邊轉來轉去的。我已經想盡辦法想把這打轉的情況控制到最低限度……」

男人自顧自地說著，不過我還是無法瞭解氣球打轉會造成什麼樣的妨礙。

「請問，打轉的話會有什麼……」

她的疑問似乎也和我一樣，便鼓足勇氣在男人說明時插嘴問道。此時，男人才首度露出微笑。他的微笑，爲他的第一印象加了不少分，他手裡抱的氣球看起來也像他的孫兒一般。

「對對對，還得先告訴你們這些才是……」

男人靦腆地說完後，就開始回答她的問題。簡而言之，他好像打算從上空俯瞰這座公園。將來會在氣球籃子的底部裝設小型攝影機，再讓氣球筆直升空。攝影機所攝得的影像，可以藉由螢幕來觀看。

「氣球穩穩地升上去。剛開始雖然只能照到腳邊而已，升上去以後，就會從正上方拍攝到整個噴水池廣場，接下來拍到整個公園，最後連大樓圍繞著的附近這一帶都會出現在螢幕裡。」

男人興奮的說明告一段落後，我有個疑問：「看了這些以後又怎麼樣呢？」問題才剛到喉頭，卻想起不可以問「爲什麼」，於是硬生生地又將這話吞了進去。

她聽了男人的說明後，似乎很滿足地向男人道別。接著，在我們返回心字池長椅的途中，她不停地說：「我之前就想過搞不好是這樣。他看起來不像是只要把氣球升上去而已，我早就在想一定是這樣的了。」似乎對男人說的話十分興奮。

「可是……，現在只有我們兩個應該可以問了吧？爲什麼呢？」

我終於對她吐出這樣的疑問，心裡隨即舒暢了不少。

「什麼爲什麼？就是想從正上方看公園啊？」

「不是啦，我是說爲什麼想看公園呢。」

「這我也不清楚。不過，以我來說，從很久以前就一直在想，那個人可能是我們的前輩。」

「前輩？」

「是呀，他是這個公園的老前輩。雖然他年紀大已經退休了，不過幾十年來也都會到這公園來。如果這麼一想，就可以大概瞭解他放氣球、想從上空看這個公園的心情了。」

那一天，我和她在園內的松本樓吃咖哩飯。她似乎不太能吃辣，吃完時鼻頭冒著汗。她脫去夾克，露出短袖上衣，然後把手靠在桌上。首度映入我眼簾的手部線條，與一旁的銀湯匙重疊在一起。我吃著咖哩飯，談及時常到公司附近賣咖哩的流動攤販。在攤販工作的是一個貌似印度人的美女，只要給她香皂試用品，她就會幫你把咖哩飯盛大碗些。我說到一半，她不知有什麼事欲言又止，好不容易開口了，卻告訴我曾因工作關係到過加爾各答。雖然彼此詢問對方的職業是很自然的，不過我覺得她的欲言又止似乎就是這方面的事，所以就沒能提起勇氣問出口。不曉得她是不是發現了我這樣的心情，在飯後喝著咖啡時，她說起最近公寓附近新開的麵店，賣的是百分百純蕎麥麵；又談到有個叫渡邊淳彌的設計師，會照著駝背、挺胸或極度削肩的體型做衣服，讓身體不自然的變形都會看起來非常高雅之類的話題。

據她說，這個日比谷公園好像在明治三十六年（一九〇三年）就開園了。兩人屈指一數，明年正巧是開園一百週年。

銀座分店的盤點作業結束時已經是晚上九點，大夥兒決定直接去喝一杯。銀座分店是我們在東京都內數一數二的優良店鋪，不過這一年的成績卻遠低於預期。我們到了重田店長常光顧的爐邊燒烤店，卻發現沒有能夠容納所有人的空桌。有人建議換一家店，不過所有人都想盡早喝到啤酒，於是就以櫃檯前側兩人、內側三人、桌子座位三人這種奇怪的組合就座。大家的位置遙遙相望，才一個小時就有人打道回府。這場盤點的犒賞宴氣氛冷清，在店家最後點菜時間之前就結束了。

離開這家店前，和我坐櫃檯喝酒的重田店長給我看他們全家到奧多摩旅行拍的照片，他曾把獨子翔太帶到公司，照片中的翔太成長之快讓我大爲訝異。一問之下，他明年就是國中生了，「就快不想跟父母一起出去了呢。」店長開心地微笑著。他給我看的照片幾乎全都是在日原鐘乳洞裡拍的。

在有樂町的MARION大樓前解散後，我準備步下地鐵站。可能是因爲平常幾乎不喝酒，照這種情況直接搭電車的話，身子恐怕會很難受，所以我決定先去吹吹風再回去。MARION大樓前的十字路口依舊行人如織，晴海通上待客的計程車排列成行。路面的高架橋上駛過一列山手線電車，緊接著之後又有一列新幹線通過。高架橋前方不遠處就是日比谷公園漆黑的樹林，看起來比白天更有壓迫感。我感到有些意外，原來自己常坐的那張長椅，居然離銀座這個最熱鬧的十字路口這麼近。

公園入口的派出所前站著年輕警察。我自己也覺得在這個時間獨自進入公園有些怪怪的，不過警察只瞄了我一眼。

才剛踏入園內，沁涼的夜風便拂上我因酒意而泛紅的雙頰。在遊園步道上，路燈點點而立，只有路燈下方看來像是飄浮在青綠色的朦朧黑暗中。我穿越數盞青綠色的燈光，進入第一花圃，環繞著花圃的長椅上有著零星幾對情侶的影子。那種濃情蜜意的氣氛不禁使我卻步，於是我直接轉身返回遊園步道。夜晚的心字池簡直像是不存在似的。白天確實存在的池子，褪下了一層色彩。園內遊園步道猶如夏天翻了面的枕頭一般涼爽，才走了一陣，酒精所造成的潮紅便逐漸從身體散去。我沒有目的，只是在銀杏林間持續信步走著。一回神，才發現自己已經走到了網球場後方，眼前健康廣場前方的聯合辦公大樓，仍有幾盞稀疏的燈光。我想起前幾天在廣場上碰見的那個人，於是走進黑暗的健康廣場，那塊「開眼單腳站立」的板子還是孤零零地立在中央。我走近它，在圖表上確認了自己年齡的指數，站上畫有足型的台子，將兩手舉至水平，試著慢慢地抬起右腳，輕聲數著：「一、二、三……」可能本身的醉意也有影響，身體搖晃的幅度越來越大，而數數聲也隨之高昂起來。背後照射過來的路燈，使我單腳站立的影子搖搖晃晃地延伸得既長且遠。「二十幾歲可以站到近一百秒，可是七十幾歲就只剩下十五秒囉。」男人的聲音又迴盪在耳邊。當我大聲地數到「二十五」時，由腳踝產生的輕微搖晃擴散至全身，腳終於失去控制觸及地面。不遠處長椅上的流浪漢像是在抗議睡眠受到打擾似的，頻頻翻身。

廣場上的時鐘已經過了十二點，我想到日比谷門叫計程車回去，於是走回遊園步道，從銀杏林往噴水池廣場走去。噴水池廣場被空盪盪的長椅圍繞著，雖然這幅情景讓人有些毛骨悚然，我還是就近在一張長椅上坐下，以指腹撫摸長椅上的木紋。我試著想讓眼前一片黑暗靜謐的噴水池廣場，浮現出日間的喧鬧或人們熙熙攘攘、相互聚首的情景，但是那個畫面很難拼湊成形。我平常很擅長用想像力描繪不存在於該處的事物，然而不論我如何集中精神，卻沒有任何人浮現在夜晚的廣場中，只依稀聽見他們的聲音。以往在這個廣場中應該聽見的對話──「明天就要到大阪出差了吧」、「所以我才不相信那種男人呢」、「鎌倉還算是在通勤圈內喔」、「我們也是看準了對方的弱點才會這麼說的啊」……，人們的話語聲，飄蕩在無人的夜間廣場。彷彿白天擠滿這個廣場、在這邊休息的，只是他們的對話而已。

我集中精神再試一次。以打亂遠近感的訣竅，先鬆開領帶，閉上眼睛，緩緩地深呼吸。接著才抬起頭，猛然睜開眼，預期那裡應該會出現日間的喧鬧景象。然而不知道爲什麼，浮現在我眼前的竟是，剛才重田店長給我看的日原鐘乳洞相片，站在洞窟入口處的翔太開玩笑地立起中指。我幾年前和還是單身的瑞穗一群人去泡溫泉時，回程曾順路去過日原鐘乳洞。走進幽暗的洞窟後，不知道是誰說的，「人體內大概也是這樣的感覺吧。」於是，接下來的探索過程中就不斷地有人說「啊，這岩石像是肝臟」、「這裡是直腸」等，大家的笑聲響徹幽暗的洞窟內部。所謂的鐘乳洞，若沒有人工照明的話，其實是個伸手不見五指的洞窟，而所謂的人體內部也和這裡一樣，因爲看到的影像是透過胃鏡的關係，所以帶著些許紅色。可是當全身沐浴在日光中時，光線也會透過皮膚照進體內嗎？忽然間，紅色氣球浮現眼前。從這個噴水池廣場升空的氣球穩穩地高飛，準備鳥瞰整個公園。從上空看下來，公園是縱向的長方形，看起來正好像是人體胸腔圖。心字池就如其形狀位於心臟位置。以櫻之門爲起點的銀杏林如食道般彎曲延伸，穿過可比作胃的草地廣場，來到日比谷圖書館附近後，就像腸子般蜿蜒曲折。這麼一來，中幸門就成了肛門，還有長得像膀胱的日比谷公會堂，雲形池是肝臟，第二花圃成了胰臟。從上空還可以看見園內來回閒晃人們的渺小身影。人潮走過狹窄的小路，橫越噴水池廣場，走向四面八方的出口時，像是汗水般從園內湧了出去。

畫面至此，漆黑的廣場又忽然回到眼前。整個公園的俯瞰圖如雲霧般飄散，那殘存的黑暗不知爲什麼竟是如此閃耀刺眼。

清晨八點前我離開宇田川夫婦家，回到自己的公寓，邀我那個準備搭中午班機回去的母親到麥當勞吃早餐。還穿著睡衣的母親拒絕了我難得的邀約，說：「還得花時間洗臉、化妝準備，算了吧。」我沒辦法只好說：「那妳自己多保重。」便離開了公寓。

這是個神清氣爽的早晨，天空湛藍到彷彿能看見更遙遠的宇宙。我在駒澤公園中朝車站方向走去，在第二球場的轉角處看到朝野小姐從對面緩緩慢跑過來。她沒有帶著辛蒂，神情嚴肅，「呼、呼、哈、哈」的規律呼吸聲迴盪在朝靄籠罩的林間路上。朝野小姐似乎沒有注意到我，到了相距十公尺，我說「早安」她才突然抬起頭來，以同樣的速度跑過我身旁一陣後，才以奇怪的聲音「啊，啊」地折回來。她繞著停下腳步的我，持續跑步打圈子，尼龍製的服裝發出刺耳的沙沙聲。

「早安。」

我再度打招呼，朝野小姐沒有停下腳步，繞著我邊跑邊微微壓低音量說：

「我聽到關於你的奇怪謠言喔。」

「奇怪謠言？」

「不是有個太太，帶著一隻叫小咪咪的吉娃娃嗎？」

「妳說紫頭髮的那個？」

「對啊，那個太太她……」

朝野小姐緩緩放慢速度，開始大步前行。她以我爲中心繞出半徑三公尺的圓不停地走著，我的眼神一直追著她，眼睛都花了。

「我可是一點兒都不相信喔。」

朝野小姐總算停下了腳步，肩膀起伏大口喘氣，並且用掛在脖子上的毛巾擦了擦臉上的汗水。

「是那個太太說的。你呀……，她說最近帶著一隻小猴子的那個人啊，前陣子潛入附近的公寓，好像想偷內衣。」

「什麼？」

「就是說你啊……」

「我只是把掉到路上的襯衫放回陽台而已！」

「果然，我就覺得事情不是她說的那樣。那群太太淨說些無中生有的事打發時間，眞是令人不敢領教呢。」

朝野小姐應該是想再度展開被打斷的長跑練習，已經做起了伸展運動。耽誤人家太久也不好意思，「那我要去上班了。」我點了一下頭。「我覺得你不用把這事放在心上啦。不過如果是我的話，我會暫時消失一陣子吧。要對付那群太太呀，最好的辦法就是不把她們當一回事。」她笑著說完，便舉起一隻手，往第二球場的正門方向跑去。

在日比谷公園會合後，我被她拖去那個藝廊，那裡只展示著一些平凡無奇的照片。那一天她看起來異於往常，因爲她穿的不是裙裝，而是褲裝。「這打扮很適合妳。」原本我還在考慮該不該這麼說，卻直覺不說才能在近期內再看到她這副打扮，所以勉強將話吞了下去。我們步下由銀座的主要大道通往地下室的階梯，我問：「妳對攝影有興趣嗎？」她只回答：「沒有特別喜歡。」一邊以細長的手指劃著白色牆面，一步步緩緩地走下狹窄的階梯。不太寬敞的地下藝廊被全白的牆面包圍，讓人喘不過氣來。這裡除了我們之外沒有別的參觀者，櫃檯的女子也無聊地剝著指甲上的軟皮。

作品並沒有什麼特殊之處，似乎在自家公寓找找，也能找到一、兩張類似的照片，就像從二樓窗戶拍攝平凡無奇的住宅區一樣；遠處有新幹線行經的田園風景，僅數十戶比鄰而建的民家、小河畔的村落、從斜坡上所見的變電所……

「妳對攝影沒興趣，爲什麼還想來看這個攝影展呢？有什麼理由嗎？」

她在一旁將手背在身後，抬起下巴仰望著照片，對於我的問題只是沉默地搖搖頭，似乎沒有一件作品引起她的興趣。每看完一件作品，她就故意碰碰一旁的我，移動到下一件作品前。我頭一次發現，她的臉頰從耳下延伸到下巴這條線上有顆痣。那淡淡的痣位於下巴裡側若隱若現的微妙位置上。

「我是在這裡出生的。」

「什麼？」

她指著眼前的照片。那件作品拍的是隨處可見的住宅區公車道，照片中的公車站前有塊老舊招牌寫著「杉浦婦產科」。招牌位於道路的最底端，如果不是她指出來，我根本完全忽略它的存在。

「妳說的這裡，是指在這家醫院生的嗎？」

「嗯，杉浦婦產科。」

「那妳住在這附近囉？」

「我老家在那邊。」

她忽然轉過身，指著掛在背後牆上的照片。照片裡的風景有幾十戶的民家，遠處則是新幹線行經的田園。

「那照片拍到了妳老家嗎？」

「只有屋頂。看，綠色的那間。」

「現在還有誰住在那裡？妳父母？」

「我高中的時候就搬家了，現在那裡應該住著別戶人家吧。別管這個了，你看，看得出來河對面的醫院嗎？我以前常去那家醫院喔，因爲我有小兒氣喘。」

被她這麼一說，我才驚覺，剛剛一直沒注意到，不論是哪一張風景照中，都一定會照到一家小小的醫院。

「啊，原來這兒的作品是那個意思呀。」

「『那個意思』是什麼意思？」

「沒什麼，我也不太清楚。」

她又撞了我一下，移動到下一件作品去。

「難道這裡的相片，全都是……，『妳』老家的相片？」

「喔，叫我『妳』，原來你是會用『妳』來稱呼別人的人呀？（註）」

「可是沒有其他的叫法呀。我又不知道妳的名字……」

她腳跟一轉，步入裡側的小展覽間。我遲她一步跟在身後再度問她：「是不是這樣？」她點點頭說：「好像是，因為全都是我看過的風景。」

「難道妳認識這個攝影師？」

「我不認識。只是在雜誌上看到剛剛那張『杉浦婦產科』的照片，所以想來看看而已。」

「照片上是哪裡？」

「秋田縣的角館附近。你應該連聽都沒聽過吧？」

「啊，我去過那裡。」

「喔？騙人！」

她的聲音迴盪在藝廊中，彷彿能夠傳到眼前風景照的遠處。

「啊，不是啦。也不能說去過，這聽起來可能有點奇怪，網路上有種網頁可以讓『自己的分身』去旅行，目前我的分身是在佛羅倫斯，不過之前選擇國內旅行時，曾在秋田觀賞過『竿燈祭』後，順便到過田澤湖。角館不是就在田澤湖附近嗎？……啊呀，我的意思是說我實際上沒去過，可是……」

她微傾著頭聽我說明。我卻覺得不管解釋得再詳細，似乎也只是白費力氣而已。「反正我從照片上看過就是了。」片面地結束了這段談話。也不知她到底懂了沒有，她有點開心地說：「原來如此。你知道我的故鄉呀。」

大致觀賞過所有作品後，我們再度並肩走上剛才下來的狹窄階梯。在階梯上，她停下腳步以高跟鞋前端輕蹴幾下。我也跟著停下腳步，望著她的側臉，她

註：在日文中「你」一般只用於親密的朋友之間。

「哼」地吐了一口氣後，突然用力點點頭，倏地抬起臉來凝視著我，喃喃道：「好……，我決定了。」

「什麼？」

短暫的驚愕後，我立刻問道。不過此時她已經步上階梯，那背影像是才剛從什麼束縛中破繭而出一般，蘊含著一股勇氣。「決定了什麼？」這問題彷彿在說出口前就已經遭到拒絕了。我追著她跑上階梯，走上熱鬧的大道，剛才看到的所有風景照，似乎全在我眼前躍動了起來。站在那片風景照中的她突然停下腳步，轉身面向我，以食指指向左右道路，示意「右？左？」我指一指自己的背後，她便輕輕舉起單手說：「再見。」然後轉身向前走去。可能是因爲第一次和她在公園外分手，我目送著她的背影好一陣子，突然莫名覺得以後再也見不到她了。於是我不顧旁人的視線，叫住她──「喂！」她在人潮的那頭轉過身來。朝我走來的男人臉龐擋住了視線，不太能夠看見她的身影。

「妳明天也要到公園來喔！」

隨著我的叫聲，所有人都不約而同地望向我。在人潮的前方還能見到她那雙清靈的眼睛。剎那間我似乎看見她點了點頭，然而她已消失在人群中了。我轉身背向她，獨自往公園走去時，耳邊又響起她的呢喃聲：「好……，我決定了。」彷佛此刻，連我也做了一個決定。

flowers

我和他——望月元旦第一次見面，第一眼就被他吸引住了。他讓我想起長我四歲的堂哥幸之介。他們相似之處不在長相，而是體重，舉例而言就是近似羽毛，風一吹便會騰空飛揚，好一會兒才會飄落。我對他們兩人都有這樣的印象。

第一天上班的早晨，我在妻子鞠子的目送下，從帝國大飯店出發前往上班地點。鞠子下樓到高雅的大廳來，一如往常地說：「慢走啊。」她一派輕鬆的模樣，彷彿身上若是掛了條圍裙，八成還會在上面抹抹手吧！我有點窘地穿過提著方型公事包的外國人群，踏著厚厚的地毯步出飯店。一回頭，鞠子甚至讓大門侍者幫她開了門，來到排列著黑頭計程車的上下車處，從容地揮手。

好不容易要在東京展開新生活，我們想，乾脆在一開始先揮霍一次吧！便掏出所有的積蓄住進帝國大飯店，買了就職、住宅等相關雜誌，穿著柔軟的浴袍，在一個星期內決定了一切。

那天早晨，我在日比谷公園繞了一圈後搭上地鐵。不知不覺抵達兩天前獲錄用的飲料配送公司。我照吩咐從靠河岸的後門進入，到二樓辦公室打了卡。之前面試我的老闆已經在那裡等了，他問：「已經搬進公寓了嗎？」我答道：「聽說正在進行維修，要到後天才能搬進去。」一邊把手伸入新工作服的袖子中。工作人員好像已經在停車場上貨了。

「那你要在飯店住到後天囉？好貴耶。」

「一輩子就奢侈一次嘛。」

我和老闆是九州同鄉，但是像我這樣，在面試履歷表聯絡處塡上帝國大飯店電話的人，他居然還敢用，眞是難以置信！

老闆在辦公室再度向我說明工作內容後，領著我到停車場去。穿過倉庫時，我被堆高到天花板的啤酒貨籃所震懾，感到相當不安。和藹的老闆似乎爲了舒緩我的緊張，露出笑容向我攀談了起來。

「公寓是租在這附近吧。房租多少？」

「七萬兩千圓，不含管理費。」

「等於是帝國大飯店一晚的住宿費吧。」

「沒這麼貴啦。不過，住兩晚就是了。」

「……這樣不太妥當吧。」

「老婆每天晚上也是這麼念啊。可是她自己還不是，在大理石浴缸裡泡上一個鐘頭，開心得很。像今天早上我要上班時她還說：『回來想喝啤酒的話，自己買回來喔。』你也知道，房裡的啤酒都很貴。」

我們通過倉庫，步出鋪著碎石的廣大停車場。而元旦就站在那裡。一瞬間，我以爲那是堂哥幸之介。沐浴在陽光中的他，臀部口袋裡塞著一條毛巾，一邊哼著歌一邊堆貨。他先從地面搬起貨籃，放到卡車貨台上，接著單手一撐俐落地跳上貨台，再抬起貨籃。

老闆叫他的時候，他正從貨台上一躍而下。他飄然地落到地面往這兒微笑，彷彿我們突然一接近，他就會倏地消逝無蹤。

「這是新加入的石田先生。」

我站在老闆身後，等他介紹完便出聲道：「請多多指教。」他舉起單手打過招呼，隨即又開始搬起另一個貨籃。

「不久前，他還是個助手喔。」社長這麼說。

「是嗎？」

「從上個星期開始，我把這台四號車交給他了。是不是呀，元旦？」

「可是我覺得當助手比較輕鬆呢。」他抬著貨籃回答。

他看向我，於是我再度點了點頭說：「請多多指教。」他問：「喂，你知道搞笑藝人穗積圭太主持的深夜節目嗎？」他唐突地改變話題，這一點也和堂哥幸之介一模一樣。

那是個談話性節目，經常邀請一般情侶上節目，聊些「他花心」、「她熱中性事，令人覺得很煩」等下流對話作爲賣點。他凝視著我的臉，不肯罷休地再次追問：「你看過嗎？」我回答：「嗯，看過幾次。」他立刻說：「我呀，曾經上過那個節目喔。」

「是嗎……」

「下次放錄影帶給你看。」

元旦開心地笑著，老闆拍了拍他的肩頭，說完「那就把他交給你囉」，便消失了蹤影。元旦又吹起口哨，開始將貨籃堆到貨台上。我也不好就那麼呆站著，於是邊看邊學地幫忙。頭一天上班因緊張而鬱積於胃部附近的不安，彷彿變成了他所哼唱的音符，從嘴裡飛散而去。

長我四歲的堂哥幸之介在九州老家叔父所經營的墓石石材行工作。我還是高中生時，假日也會去店裡打工賺零用錢。叔父雖然是老闆，但總是說：「你應該還有書要念吧。」所以我這個工讀生在午後三點就會被送回家。我坐著幸之介開的卡車回家後，先到浴室沖澡，洗去汗水。再用有陽光味道的毛巾擦乾身體，換上新內衣，然後從壁櫥拿出枕頭，走到後院緣廊去。奶奶若問起「今天是做哪裡的墓地呀？」我就隨便打發過去，然後一屁股在緣廊上躺平，這時剛從壁櫥拿出來的枕頭總讓脖子感到一陣冰涼。

「幸之介還在工作呀？」

「嗯。」

「叫他來吃晚飯吧，下次帶他一起來。」

「嗯。」

我聽著奶奶的說話聲，逐漸進入了夢鄉。在緣廊上睡午覺時，總會夢到一些情色的情節。我自幼雙亡的父母遺照就掛在佛壇上，正對著廚房。

有次忽然睜開眼睛，看見在一旁插花的奶奶停下手來，一直凝視著我。

「怎麼啦？」我問。她歪著頭說：「沒有啦，你的脖子上停著一隻蚊子……好像有首歌是講這個情景的……」

「歌？」

「……對、對。啊，我想起來了，『戒慎靜寂，吾人知曉，汝頸之上，停有一蚊』。」

「……既然知道，就把牠打死呀。」

奶奶面前，放著寬口花器及一把萬年青。

「你畢業以後，也要和幸之介一起工作嗎？」

「大概吧。」

奶奶咔嚓一聲剪下萬年青的葉子。

「幸之介是這樣，你也是這樣。」

面對奶奶的嘆息，我心想「又來了」，於是翻過身去。

幸之介從去年開始一個人生活。奶奶總是說：「爲什麼要在外面住嘛！明明家裡這麼大，再怎麼說也不用去住神社的倉庫吧。」幸之介落腳的神社是由我們家歷代負責管理的；那座小小的神社建於俯瞰梯田的山丘上，裡面沒有祭祀的主神，只剩下斑駁的鳥居及簡陋的香油錢箱。我們小時候，幸之介爲了表現自己的膽量大，常會把香油錢箱翻過來，不過從箱裡掉出來的只有啤酒瓶蓋和彈珠，最後還得由我將香油錢箱扶起來放好。奶奶以前笑說：「說是我們家負責管理，其實也只是負責打掃而已呀。」總而言之，老舊的神社就是我和幸之介的最佳遊戲場所，而倉庫的鑰匙也就這麼在我家傳了下來。

我聽膩了奶奶的嘮叨，抱著枕頭從榻榻米上站起來，原想逃到自己的房裡，卻莫名地在正插著花的奶奶面前盤坐下來。翠綠的萬年青葉被插入盛滿水的寬口花器中。那雙手的四周，讓人感到格外的沉靜。

「你也叫幸之介早點回家吧。」

「就算說了，他會聽嗎？」

「那種地方能住人嗎？」

我想用手指觸碰花器裡的水，卻被奶奶狠狠撥開。

那裡雖說是倉庫，現在也鋪上了從家裡運過去的榻榻米，進去一看，和普通房間沒什麼兩樣。麻煩的是廁所，如果是小便，尿在鳥居那兒也就罷了，若要大便，他就不得不壓著屁股奔下山坡，到我和奶奶住的家裡來。雖然步行不過三十秒，不過在很急的時候，總會鐵青著一張臉進來。他從廁所出來後，就算沒什麼事也一定要到我二樓的房裡抽兩、三根菸後才回去。有一次，他來的時候，異於往常地一臉嚴肅，我因此問：「拉肚子？」只見幸之介咕咚一聲躺到床上，口裡嘟囔著：「喂，一個人孤零零的死去，和只有你一個人活下來，哪種比較恐怖呀？」那是我高中畢業的那一年，幸之介大概二十二歲。

「終於發瘋了呀？誰教你要住在神社裡。」

只要我不把他當一回事，幸之介就會馬上恢復往日的笑臉。「啊，對了。下個星期來幫我裝紗窗吧。」說完便一骨碌地從床上跳起來，在階梯上發出巨大聲響地走下樓。

神社深處有一片蚊蟲聚集的草叢，夏天一到就會開滿白色瞿麥花。我雖然知道奶奶會在那裡摘花，不過只要想尿尿時，還是會毫不留情地踐踏花叢，跨足污染那個地方。

與搬運墓石的工作比起來，在東京剛開始的飲料配送工作還算輕鬆。我坐在元旦的卡車上擔任他的助手，來回配送飲料到新宿區附近的居酒屋或大學餐廳。元旦一邊開著卡車，一邊隨口說些「那就是東京都政府」、「從這條路一直走，就會到原宿」……，爲我介紹東京風景。

我工作還沒滿一個星期，當時才剛搬進公寓，還沒整理從老家帶來的行李。有一天，我們把卡車停進新宿區的大學地下停車場，從貨台上把貨卸下來時，元旦開口邀我：「今天晚上來看錄影帶啦。」他似乎是指那個穗積圭太的節目。在駕駛座後方，放著節目播出當時的報紙、空罐及髒毛巾等物品，我第一次坐上車的時候，他就拿著報紙的節目欄給我看「你看，有登出來，對吧？」上面寫著「無腦巨根男ＶＳ精力過剩女」，讓我十分苦惱不知是否該笑。

我們一邊將學校餐廳的貨堆上手推車，元旦說：「也帶太太一起來嘛。」我含糊地回答：「知道了，」然後問他：「大廳的份也要一起堆上去嗎？」

「大廳的就不用了，堆不下吧。」

「還要再回來一趟不是很麻煩嗎？」

「要回來的是你，我不會麻煩呀。」

大學內部包括餐廳在內，有十七處設有自動販賣機。我們從地下停車場以手推車搬運罐裝果汁。這裡的電梯不但像假日的百貨公司般每層都停，而且不出聲的話，聚集在走廊上的學生也不會自動讓路。我和元旦一起推著手推車在長廊上前進，進入學生餐廳後，只要照例替自動販賣機填補果汁即可。

作業一完成，元旦就叫著：「休息。」並且一屁股坐在大廳的椅子上。我這個沒用的助手沒有考慮到接下來的時間分配，也一起點了根菸。他若無其事地告訴我，一起上穗積圭太節目的那個女人是在這裡認識的。我環顧四周，可能因爲現在是早晨，大廳裡空盪盪的。

那天工作結束後，我先回家一趟，然後帶著愛叨念的鞠子到下一個車站的元旦家拜訪。我們照他所說的，過了理髮院後右轉，路的盡頭有棟古老的宅邸。我心想，該不會是這兒吧。但還是去查看了一下門牌，只見在刻有「加山」二字的氣派門牌下方，有一張寫著「望月元旦」的小紙片以兩根圖釘固定著。

在現在這個時代，他居然能夠租到獨棟的裡間上房，眞難得啊！當我們正想走進正面玄關時，一位氣質優雅的老太太從廚房的小窗探出頭來，告訴我們：「如果要找望月的話，從後面走比較快喔。」

後方庭院裡種著修剪整齊的赤松，走過庭院，一扇木門就這麼敞開在改造後的緣廊上；探頭看看裡面，只見元旦似乎剛洗完澡，穿著一件內褲正專心地擦拭頭髮。

「呃……，我們來了。」

我對著他盤坐的背影說。他嚇了一跳回頭，看到我們，便揮了揮手說：「啊，來了呀！快進來，快進來。」鞠子看了他一眼，便輕聲說：「他和幸之介有點像耶。」我一邊介紹她，一邊在緣廊上脫鞋。元旦套上褲子，說了句任誰都了然於心的客套話：「你太太眞漂亮。」

鞠子不是第一眼就讓人覺得是美女的類型。不過她越看越美，是類似梅花的那種內斂光華。

「你住的地方眞怪。」

對鞠子而言，「客氣」這兩個字是讓別人用的，我急忙瞪了她一眼。

「可是，本來就很怪嘛！」

「對啊，是很怪。因爲我是故意找怪地方住的。」元旦說。

「你喜歡這樣的房間？」

「倒也不是喜歡……，是因爲這裡有壁龕嘛……」

隨著元旦的視線，我和鞠子立刻驚訝地面面相覷。因爲在壁龕中，放了一個細長的花瓶，花瓶裡高高地插著菖蒲花。

「插花？難不成是你自己插的？」

「對呀，是我插的。不過，只是皮毛功夫而已，也沒有正式學過，所以算是自成一派啦。」

「眞少見耶，男人會插花。不過像我家老公呀，你別看他這樣，他對花也很有研究喔。」

「石田也插花嗎？」

爲了避開元旦大驚小怪的眼光，我的視線再度回到壁龕。

「沒有啦，我老家的奶奶常插花，所以我也稍微學過，可是馬上就膩了……。那有點像在做模型玩具一樣，很好玩對吧。」

我凝視著高挺的菖蒲花，想起了奶奶的家。這次我們搬到東京來，幸之介夫婦及他的雙親就趁此機會將原有房屋打掉，蓋了棟二代同堂的住宅。新房子是西式建築，應該沒有和式的壁龕。

從前，奶奶插花的時候，我曾經問她：「壁龕是爲了擺花而存在的嗎？」奶奶答道：「壁龕是一間房子的閒置區域。」

「閒置？是浪費空間吧。」

「所謂的閒置，就是一種浪費啊。」

奶奶說完，在那擺上了單枝白茶花的作品。

我和鞠子是到東京前一年結婚的。從被鞠子酒醉的父親打一頓作爲訂婚賀禮，到在平安閣舉行的廉價結婚儀式，整個過程之所以如此速戰速決，是因爲我們想讓奶奶能夠安心地離開人世。我所說的我們不是我和鞠子，而是我和幸之介。當醫院告知我們奶奶罹患了肝癌，接下來只能等死的隔日，我們一起到醫院探望她，我問她：「奶奶，妳死之前想做什麼？」我還說：「我們什麼都會答應妳喔！」我們一邊仔細留意她的反應，一如往常口無遮攔地說話，以免她察覺這話不是玩笑。奶奶那時看來還很有精神，她無力地笑說：「我想參加你們的結婚典禮。」此時，坐在隔壁床的幸之介說：「奶奶，妳眞不是蓋的！還眞瞭解我們。」我聽到這句莫名其妙的話正感到納悶，這時幸之介拍著我的肩膀說：「今天就是來和您說這件事的。我和這傢伙決定下個月結婚。」

奶奶剛開始一個字也不信，後來由於幸之介興奮地說個不停，她才以嚴肅的表情分別審視我們的臉龐說：「對方的家長都知道了嗎？」

一出病房，我立刻責怪幸之介竟然開這種惡劣的玩笑。然而，他毫不在乎地說：「反正我總是要和惠美結婚的。不管是下個月，還是明年都沒差。你也和鞠子結婚吧！」

幸之介的口氣彷彿在說，眼見奶奶在河裡快溺死了，你想見死不救，自個兒逃跑嗎？

「你說得倒輕鬆……」

結果，隔天我還是同意了這門親事。因爲我也老早就打算要和鞠子結婚，而且高中畢業後，和幸之介在石材行一起做了四年，工作也上手了，最重要的莫過於這也是鞠子的心願。很幸運的是平安閣臨時有人取消預約，於是兩對新人順利地同時舉行了結婚儀式。奶奶繫上新的和服腰帶，坐在輪椅上出席典禮。那年秋天，她數度進出醫院，體重驟減，接著像是消失一般撒手人寰。我沒有看到幸之介哭。當然，我也不會在他面前哭。我們從市內的火葬場抱著骨灰回家，再幫忙鞠子脫掉喪服，裝作什麼事也沒發生的在家裡四處晃盪。緣廊上有個大概是奶奶放的淺竹簍，裡面有白菜、柚子及金桔。旁邊還配著一枝芒草，可能是用來當裝飾的吧。

辭去叔父的石材行工作上東京，並不是我的主意，是鞠子忽然說她要加入東京的劇團，當一個女諧星。她從家鄉寄出的照片和履歷表，被一個名不見經傳的世田谷劇團試演會所錄用。反正我們倆都才剛滿二十二歲，而且拿我來說，雙親也都已經去世了，沒人會在我耳邊絮絮叨叨的。更何況每天週而復始地搬運著沉重的墓石，有時也會想要逃離這一切。於是我禁不起鞠子的甜言蜜語，到東京來闖天下。

在看元旦出場的電視節目以前，我們叫了披薩。因爲已經超過晚上十點，爲了避免披薩外送員吵醒年老的房東夫婦，元旦提前十五分鐘到正面玄關等。被留在屋內的我，和看來同樣無聊的鞠子，於是玩起摔角來。我一面架住她的脖子慢慢加強力道，問她：「痛嗎？痛嗎？我看妳受不了了吧？」然而她總是逞能：「還早咧。小意思，再來呀。」

我們三人吃著披薩，一起聚在電視機前面。畫面中出現藝人穗積圭太和助手介紹那一週出場的情侶。在以龍宮造型所搭建的佈景中，擺了幾個眞正的水族箱，藍色的熱帶魚在燈光的照耀下成群悠游。這時，龍宮城的城門開啓，元旦和他女朋友手牽著手現身。

「這是多久以前的節目呀？」

鞠子坐在電視前問，元旦馬上接著回答：「半年前。」他們見面才不到一個小時，兩人卻像是青梅竹馬一般，嘴上同時泛著披薩的油光。

「她是個美女耶。」

我不想被排除在對話外，插嘴說道。

「眞的，頭髮好漂亮……」

「上這節目有車馬費嗎？」

「他們連電車錢都不出呢。」

我不知道元旦是第幾次看這卷錄影帶。他專注地盯著畫面中的自己。

「你和她交往很久了嗎？」

「里美？已經分手了。上完這個節目，就立刻分手了。」

「這樣啊。」

節目的談話內容對元旦的侮辱簡直到了令人無法置信的地步，然而正在觀賞的元旦本人卻天眞地笑著，讓我和鞠子不得不跟著笑。節目美其名是「煩惱諮詢」，所以那個叫里美的前女友把元旦當成笨蛋，頻頻抱怨「元旦不會讀漢字」、「沒常識」。

「第一次我眞的嚇了一跳欸！我們一起到澀谷買東西啊，百貨廣場的牆壁上寫著『Christmas Sale』，他竟然小小聲地把它念成『查……里……斯多摩』。『Christmas』這種單字現在就算是小學生也都會念吧！」

元旦嘴裡咬著披薩，一面看著畫面中害臊地低下頭的自己。更荒唐的是，他竟然還天眞無邪地跟著場內觀眾一起笑。鞠子似乎不知自己是否該笑，正在觀察他的反應。

「他啊，連一般常識都沒有。連《PIA》雜誌裡占卜單元的漢字也常常不會念……，算術也是，總之就是很遲鈍。」

畫面中，前女友不停地把元旦當成笨蛋數落時，主持人終於打斷了她。

「妳也別把他說得一文不值呀。他總有些可取的地方吧？要不然，妳也不會和他交往呀。」

笑容僵硬的我和鞠子，總算鬆了一口氣。

「他的……，他的那個呀，好大喔。」

總算吐出的那口氣又被我們吸了回去。鞠子被披薩嗆得直咳嗽，元旦笑嘻嘻地遞了張面紙給她。

「也……，也沒有那麼誇張啦。」

畫面中，元旦首次開了口。

「是嗎？不是說碩大到她離不開你嗎？」

「普通而已啦，普通。」

原本凝視著畫面，彷彿要把電視吞進去的元旦轉頭看向我們，臉上浮現一抹更深的笑容，我和鞠子自然不能再說什麼。之後雖然談話繼續進行，我卻對那些內容毫無記憶。當我忽然回過神來，畫面中，元旦被主持人帶到舞台角落，背對著觀眾席拉下褲頭拉鍊。穗積圭太看了元旦那東西後說：「這可以跟馬比美了嘛。哇，也眞有妳的呢，被這種東西戳也沒事呀？」觀眾席隨即一片譁然。元旦沉默地望著自己拉下拉鍊的背影。畫面右下方打出「無腦巨根男」的字幕。

好不容易捱到進廣告，時間好像才再度正常運轉。元旦並沒有將廣告快轉，似乎在等著我們發表感想。鞠子怯生生地說：「這……，這些台詞都是事先安排好的吧？」「沒有啊，全都是即興演出，連排演都沒有。」他泰然自若地說道。

「眞……，眞好呀。有這麼碩大的東西……，令……，令人羨慕呀。」

「啊哈哈，只是普通的大小啦，普通。」

他竟然眞的很高興。我在驚愕之餘，實在想不出該說什麼。即使如此，他似乎還是想聽聽我們對節目的感想或意見，視線始終沒有從我和鞠子的臉上移開。

「因……，因爲你們感情很好，她才會連這種事都說吧。」

鞠子很難得留意自己的遣詞用字。

「這種事？」

「不是啦，我是說……」

雖然我很想幫她，卻無計可施。沉默如同糖蜜般化了開來，我們三人都在等著誰先說話。

「我家老公的，應該說是屬於『和式』的吧。」

敗給漫長沉默的是鞠子。

『和式』？」

「是呀，『和式』尺寸的小弟弟。」

節目進入海外旅行抽獎階段，結果元旦和前女友並沒有中獎。

在配送途中的卡車上，有一次我們前往新大久保的居酒屋途中，元旦問我：「每天都繞同一條路線走，你覺不覺得好像忽然間會被拋到外面去？」我一時之間無法想像那種畫面，於是反問：「怎樣的拋法？」他思考了一會兒說：「我也沒辦法講得很清楚啦。」隨即便將這個話題拋諸腦後。我試著想了想，眼前浮現一個情景——繞著地球的人造衛星，忽然失去了動力，邊說著「位置偏掉啦」，一邊脫離了地球引力，往宇宙的彼端飛去……。我想也許他想要表達的就是這樣的概念吧，卻沒有執意向他確認。

只要一開始配送工作，掛在脖子上的毛巾一大早就會充滿汗臭味。由於車窗是敞開的，臭味不會悶在車內，不過只要一停下來等紅綠燈，臭味就會如同蒸氣般上升。汗臭因人而異，自然也能判斷瀰漫於鼻間的臭味是出自元旦的汗水還是自己的汗水。

元旦曾念過我，說我坐在副駕駛座時，手上總會握著東西。有時是用來固定配送單的迴紋針，有時則是順手撿到的百圓硬幣。雖然每天握的東西不一樣，不過我的確有在手裡把玩東西的習慣。不僅在配送途中諸如在家看電視，或和鞠子說話，不知不覺就會拿起手邊的東西轉動，或朝天花板丟擲。不論是放在桌上的打火機、筆、指甲油瓶或葡萄酒的軟木塞，只要是手掌大小的東西，什麼都可以。把橡皮筋像鐲子般的繞在手臂上，就可以讓我玩上將近一個小時。「就像是小嬰兒的奶嘴一樣。」鞠子說。她並沒有責怪我的意思，然而當我拿起剪刀時，她還是會說：「快住手。看得我都要發冷汗了！」

在元旦的卡車上當助手，已經做了一個月。舉凡他的小癖好，像午餐時在蕎麥麵店點雞肉蛋蓋飯，在拉麵店點炒飯等，我已經都摸得一清二楚了。鞠子因爲劇團的練習必須晚歸的日子裡，工作結束後我們會結伴喝一杯再回家。我們倆的交情僅此而已，但是，我沒想到彼此的關係會親密到被他邀去亂搞。

我們在初台的加油站加油時，元旦出其不意地出口邀約：「今天有空的話，過來玩嘛。」記得那時候正好從副駕駛座的窗戶飛進一隻大蜜蜂，兩人都忙不迭地逃到車外去。大小如孩童拇指般的蜜蜂在方向盤四周盤旋一陣後，停在手煞車上。由於我們從駕駛座及副駕駛座兩側開始拿毛巾當武器攻擊牠，蜜蜂在無處可逃之下，只有瘋狂地橫衝直撞。加油站店員注意到這場騷動而拿著殺蟲劑來到車邊，未料蜜蜂已經飛走，停到寫著「洗車大優惠」招牌上那些看似廉價的紅色及黃色人造花上。

加完油，元旦坐進車內，突然沒來由地問：「你背著老婆偷吃過嗎？」我認真地回答：「沒有。」

「不想試試？」

「怎麼說呢，說起來有點丟臉，不過我和老婆在一起就開心得不得了了。」

我想這話在他聽來，恐怕只是一句玩笑話。

那天夜裡，我被他半強迫地拉到房裡去。他打開緣廊上改裝的木門，門內坐著一個女人。女人背對著我，把坐墊當枕頭似乎正在睡覺。她穿著一件紅色連身洋裝，背部拉鍊已經拉下一半。

元旦低語要我別出聲，接著以壁虎的姿勢，在榻榻米上爬行到女人身邊。他白襪底部很髒，繞到女人腳部，一口一口地舔著女人小腿附近，隨後眼珠朝上瞥著我微微露出一笑，招手說：「快過來。」

女人坐起身，臉龐在日光燈的光線下清晰可見。那張臉似乎在哪兒見過。女人對我視而不見，手指撫摸著元旦的下巴，而他的舌頭則追逐著那些手指。

我脫下鞋關上木門，便聞到甜膩的花香。雖然意識到花朵的存在，但我沒看向擺飾在壁龕中的花，只是直覺那應是鬼百合之類的大朵花，並且想像著花瓣中花粉成熟後綻放出香味的樣子。

之後到底打算做什麼？我又該扮演什麼樣的角色？關於這些元旦並沒有絲毫的指示。我把手背在身後握著門把，就這麼呆站著。這時元旦又招了招手，我只好露出不感興趣的樣子靠近他倆身旁。

女人長長的手指像蜘蛛般在榻榻米上爬行，覆上了我的腳趾甲；她的頭髮則披散在榻榻米上。我別開視線，卻瞥見了壁龕，擺在那兒的是豔紅的火鶴。

女人在我佇立的腳邊，在沒有任何告知下驟然以黑線綁起元旦的性器。那女人長長的手指抬起他勃起的性器，緊緊地綁住根部。線繞過睪丸內側，捆上兩圈後打上了結。性器薄薄的皮膚上浮現出血管，被綁起來的睪丸看起來就像葡萄。女人碰觸他的性器時，聽得出來她的氣息便會隨之悸動，而她挺出的臀部上則微冒著汗。

女人雙眼仰望著我。她抓住我的手指，拉著我坐下。我跨跪在她的臉部上方，正好形成和元旦面對面的姿勢。

這時，元旦的手伸到我的肩膀上，那是非常沉重的一雙手。女人的手指緩緩拉下我的褲頭拉鍊。我被她握住、吸吮，立刻就射精了。蘭麝的芬芳隨之迸放，白色的精液飛濺到女人的臉上。女人笑了，猶如沐浴於陽光下的笑容。這時候，我才猛然想起，我果然見過這個女人。開一號車的主任永井曾經靦腆地拿照片給我看，「這是我和老婆去公園野餐時照的。」我在同事妻子野餐時所展露的笑顏上，一股腦兒地傾洩了精液。

我像是要把木門踹破般地逃了出去。背後傳來元旦的聲音：「喂，門關上再走！」我沿著鐵路狂奔，跑進了兒童公園。我坐在長椅上，閉起雙眼想要冷靜下來，卻又聞到了元旦房裡的花香，全身也因而變得敏感了起來。像是有把剃刀正刮著塗滿刮鬍泡沫的肌膚一般。我全裸地躺在理髮店的椅子上，有個白衣女人在我的性器上，將刮鬍膏揉出泡沫。雖然我想伸手去遮掩勃起的性器，手腕卻被綁在椅子上動彈不得。從性器流下的泡沫，滑至睪丸內側。剃刀的刀刃緩緩地從那裡舔過，那冷冰冰的刀刃觸感，讓我的靈魂也爲之顫抖。

我躺在緣廊上時，總會望著奶奶插花的身影。

簡而言之，只要在插花的時候想像花器上方有個透明的球體就行了，而花便是插在那個球體的內部。從花器往上方正中間延伸的花材稱爲「眞枝」，搭配眞枝有朝左延伸的「副枝」，和向右延伸的「體枝」。插花就是由這三種役枝所構成的。

有次，奶奶遞了一枝花給我說：「要不要試試？」於是我從榻榻米滾到她身邊，半玩票性質地插插看。當把切口銳利的莖部插入水中的劍山時，指間肌肉竟一陣涼地收縮起來。

「這樣插的話會整個亂掉，看起來就不沉穩了，不是嗎？」

「會嗎？」

「看，這樣插的話可以看到葉背，也顯得別有風情。」

奶奶拔起花朵，重新再插上。我起身盤腿而坐，一看，的確是不一樣。

「什麼是『風情』呀？」

「這要怎麼說呢？風情就是風情呀。看起來很清爽，對吧？」

「清爽就是風情嗎？這樣的話，電風扇或冷氣機不也都別有風情嗎？」

「電風扇或冷氣機不管看再久都不會覺得清爽，但是看到冰塊就會覺得清爽。這就是不同的地方。」

我第一次插的花應該是淡紫色的燕子花。

奶奶說，花是有個性的，只要靈活發揮各種花的個性就行了。不知從何時起，只要我躺在緣廊上看見奶奶插花，便會不由自主地伸出手去。我總是一邊抓著被蚊子叮咬的腳，盤坐著插花。奶奶沒有進一步指導我的意思，當我將自己專用的花器裝滿水坐到她身旁時，她就會將花遞過來，那模樣就像是給孩子玩具。

隨後她便不發一語，把熱情投入插花的我晾在一旁。不過，她偶爾還是會受不了我重插了好幾次而罵道：「你這人還眞是固執啊。重插這麼多次，會傷到花的。」

比起菖蒲或燕子花之類的長葉花卉，我比較喜歡硬實的梅花或茶花等枝狀花卉。當然我不曾一個人插過花，自始至終都只有在奶奶插的時候跟著插而已。既沒有自己去買過花，也沒有在庭院中摘過花。只有一次，在奶奶住院時一個人插過花。因爲探病花束太多，人家要我把那些花帶回家。那一天我自己試著插插看。那天插的應該是深紅色的秋牡丹。當我一個人這樣插也不是，那樣插也不對時，忽然有種寂寥的感覺。於是用報紙把花包起來，丟進垃圾桶。浸溼的報紙味道一直殘留在我手上。

光從這世上花朵的數量，就可以瞭解人是有感情的。這句話也是從奶奶那裡聽來的，有時我覺得奶奶這話還眞有道理。

我像個影子般加入元旦與永井太太情色事件的隔天星期六，那天不由分說地被鞠子拉去住四季大飯店。在帝國大飯店所過的奢華日子似乎已經成了一種習慣。結束劇團練習回來的鞠子，堅持要我開車到飯店去，所以我再三拜託社長，借來了公司的貨車。車子後座凌亂地放著工具等物品。我警告她：「這是最後一次喔。」鞠子便說：「嗯，最後一次，最後一次。」一邊跳上副駕駛座。我實在不好意思把髒兮兮的貨車停靠在飯店正面玄關，於是悄悄地把車開進了停車場。

我原本打算向鞠子開誠佈公地供出在元旦房裡所發生的事，不過一踏進飯店房間，鞠子就催促著要一起洗澡，讓我在無意間省略了最重要的部分，順勢轉變成當我察覺到那是永井太太之後，沒敢進房去的情節；此時我和驚訝的鞠子正浸在盛滿熱水的浴缸中。

「之前才和年輕女孩上電視，這回又和公司前輩的太太搞外遇？就算你和他同一輛卡車，也不用學他呀。」

鞠子用芳香的肥皂塗抹我的身體，一邊這麼說。

「沒事啦，妳的擔心是多餘的。」

「你怎麼可以這麼肯定？」

「因爲我沒自信啊。像他和人家太太做了那種事以後，在公司面對永井的時候，還可以裝作沒事一樣。如果是我的話，心裡有什麼一定會表現在臉上，一下子就會露出馬腳的。」

我們的公寓租在公司附近，玄關門一開，屋內各個角落立刻一覽無遺。比起住在奶奶家二樓時的日子，我們變得較常碰觸彼此的身體。即使如此，在浴缸裡讓對方爲自己清洗身體，這還是第一次。

「不過，那種人其實很多吧。」

「哪種人？」

我從鞠子手中搶過肥皂，在她溼濡的乳房上抹出泡沫。

「就是白天和黑夜有不同臉孔的人，雙重人格呀。」

「不過那個人不是這種感覺呀，只是讓人覺得摸不著頭緒而已。」

「就是雙重人格啦。」

「妳是因爲這次演戲內容和這方面有關，才這麼說的吧？」

「才不是呢，這次的戲是和這方面有關……，但我並不是因爲這樣才這麼說的。」

「才怪，一定是這樣。不過一般說的雙重人格，是指內心和外在分裂，一個是好人，一個是壞人吧。有好人和好人的雙重人格嗎？內心和外在都好的人。」

「那不叫雙重人格吧。」

「類型不一樣而已嘛。個性稍微不同的好人，有兩個。」

「這樣很傷腦筋耶。這種人物就沒辦法揣摩角色了……」

她轉開水龍頭，冷水隨之沖刷到背上。

「說什麼揣摩角色，這次妳的角色不是一出現在舞台上就被殺了嗎？」

「話是沒錯啦。不過若是被好人殺，好像感受不到那股怒氣；如果是被一個壞傢伙殺的話，怎麼說呢，死的時候就可以發揮逼眞的演技了，對吧？」

「是嗎？可是，爲什麼以諧星爲目標的人，卻討到一個屍體的角色呀。」

「演屍體可不能笑，我是絕對不笑的呢。」

我們步出浴缸，一邊在玻璃淋浴間將泡沫沖掉，我試著問：「喂，爲什麼要幫我洗澡，對我這麼溫柔呢？」鞠子神情自若地說：「沒特別的意思呀。就只是想對你溫柔一點而已嘛。」

「妳覺得我會相信這種噁心的話嗎？有什麼企圖？」

鞠子圍上浴巾，面向鏡子說：「我們，每個月都像今天這樣來住一次飯店好不好？」

我不理她，逕自刷著牙。鏡子裡的她，繼續拚命地想要說服我。據她說，我的薪水有二十五萬圓，她自己的打工所得近二十萬圓，生活開銷遊刃有餘；況且我們彼此都沒有特別值得一提、需要花錢的興趣，也不賭博，所以若要一個月去住上一次豪華大飯店也不是不可能。

「賢慧的太太應該會把這些錢存起來吧？」

「存這些錢要做什麼？我可是想當演員的喔。」

「是喜劇演員吧。而且演員都不存錢嗎？」

「怎麼可能會存嘛？只會很奢華地花掉啦。」

雖然我很煩惱星期一開始，該以什麼樣的態度和元旦一起工作，不過和鞠子談著談著，心情也輕鬆了起來。他再邀的話拒絕就是了，如果沒再邀，正好到此打住。只要像以前一樣，和他跑既定路線就行了。不過，我覺得沒臉去面對永井主任。

只要和鞠子在一起，就會覺得整個人鬆懈下來。那是一種和別人在一起無法體會到的奇妙感受，我的眼前浮現人造衛星脫離軌道後，失去衝勁的背影。

又是全新的一個星期，元旦一如往常哼著走調的歌曲，開始堆起早上的貨物，我試著主動出擊，開口問他：「你到底打什麼主意呀？」不過，他所哼的曲調，似乎並不是用來裝作若無其事的面具。他露出驚愕的神情說：「怎麼啦，爲什麼忽然這麼說？」身子還隨之後退。

「什麼『怎麼』，就星期五的事啊。那個人是永井他太太吧。」

爲免在旁邊卡車堆貨的土谷他們聽到，我壓低了聲音說。他似乎眞的忘了，這時候才彷彿終於想起似地低語道：「啊，喔，不要向任何人說喔。」

「當……，當然不能說啊……，而且也說不出口呀。」

「也沒錯啦，都射出那麼多來，到現在才扮演什麼正義使者也說不過去喔。」

「問題不在這裡啦。」

拿著配送單從辦公室走出來的愼二斥責我們：「別聊天了，快點出發。」愼二體格健壯，是個瘋狂的格鬥技迷，不論柔道或合氣道，對於只要加了「道」字的活動，就一定不放過。從那時候開始，小少東愼二便已取代老闆接手管理公司內的業務。我們中斷的談話一直到愼二離開後才重新開始。

「總有一天，一定會被揭穿啦。」我將貨籃放到貨台上。

「被誰？」在貨台上把貨籃往內拖的元旦說。他那安全鞋裝了沉重的鉛，在貨台上發出聲響。

「還有誰，當然是永井啊。」

「爲什麼？」

順著力量一推，貨籃就滑到元旦腳邊停住。具有重量感的東西，只要能夠順勢操作的話，比輕的東西還容易處理。

「如果你是想拉我當共犯的話，我就先說聲對不起了。請你去找別人。」

「你別想得這麼複雜。」

「可是，你不覺得很不舒服嗎？和熟人的太太……」

「你想太多了啦。」

「你想太少了啦。」

「喂，你對公司前輩用這種口氣說話呀。」

從辦公室窗口又傳來愼二的怒吼：「喂，元旦！慢吞吞的在幹麼。快出車！」

元旦敷衍地答了聲「是……」一邊小聲地說：「眞不想理那種肌肉笨蛋。」一邊吐了口帶著泡沫的口水在地上。

「你知道嗎？永井和那個少東從國中開始就是同學。」

「是嗎。」

「應該很嘔吧……，在同學手下工作。」

據說他是被永井多次邀去吃晚飯的過程中，和永井太太熟稔起來的。有一次吃完飯後，永井外出買菸。借元旦的話說，當時「永井鼓動著天使的翅膀出了房門」。元旦佯裝到廚房幫太太洗碗，竟然試圖強吻她，雖然如他所料，她並沒有反抗。不過，也不能說這兩人暗地裡對彼此有傾慕之意。他說兩人接吻的時候，旁邊旋開的水龍頭嘩啦嘩啦地流出水來，從髒碗盤上彈起的水花還濺溼了褲子。隔週元旦邀太太到他家，她之後就開始不請自來。他總結說道：「才一個月，我就覺得像是在看一個爛演員在舞台上有時哭、有時笑一樣沒啥興趣了。」

如果說話的是其他人，這樣的內容可能光聽就會讓人不舒服，不過出自元旦的嘴，卻讓我覺得自然到近乎不可思議。只要聽到「演員」二字，鞠子的臉龐便驀地浮現。卡車的後視鏡上，掛著鞠子買來的交通平安符。當時，鞠子每到星期天就會和劇團同伴聚在一起，在澀谷或新宿的車站前表演街頭話劇。

我曾有一次瞞著鞠子去車站前看他們的街頭表演；我的年輕妻子竟然扮成金太郎，認眞地在和熊搏鬥。

我想大概就是從那時候開始的吧！在沒有鞠子陪伴的無聊星期天，我會到元旦家中消磨時光。傍晚要出去喝一杯還太早，卻也沒有其他事可做，因此我們有時候會插花來打發時間；然而令我訝異的是，永井常會無預警地出現在我們面前，他總是提著六罐裝的啤酒過來。

他似乎也見過房東老夫婦好幾次了，在他們步出庭院時甚至還會打招呼聊幾句。我初次聽到他的聲音時，嚇得從榻榻米上跳起來，以為偷腥的事敗露，他要過來揍人了。其實，只要稍微想想就知道，要到姦夫家來揍人，哪有可能還會和房東閒聊些「天氣這麼好，怎麼不出去走走呀？」之類的話。但是，當時驚慌失措的我，還是抓著正在整理箭芒葉片的元旦肩頭說：「啊，那，那不是永井的聲音嗎？」

「是啊，眞的。」

「什麼眞的假的！是永井耶！」

「這個週末，他太太好像回娘家去了，所以很無聊吧。」

神色自若的元旦仍然撕著日本百合的葉片。日本百合是房東從庭院摘來分給我們的。永井從敞開的木門前現身，他看著我說：「喔，石田也來了呀？」邊說邊舉起手上提的六罐裝啤酒。

「我老婆回娘家去了，好無聊喔。」

永井說完盤坐下來。那裡就是他太太之前張開大腿喘息的地方。

「怎麼，還插花呀。」

永井各丟了一罐啤酒給我和元旦，他摸了摸花瓶說：「好像很貴喔。」

「永井對陶瓷器也有研究呀？」

「沒什麼研究啦，你不覺得它看起來很貴嗎？」

「是向房東借的。聽說它是信樂地區的陶瓷器，應該不便宜吧。」

「你怎麼啦，石田？」

永井這麼一說，我才發現自己手上握緊了啤酒，身體僵硬。別說打架了，妻子外遇的老公，竟然和那個姦夫聊起信樂產的花瓶。此時心中的反感，遠勝於把精液噴在他太太臉上。

我一邊啜飲他給我的啤酒，一邊留心傾聽他倆的對話，這才發現永井似乎完全沒有察覺到元旦和自己老婆的關係。未見絲毫動搖的元旦，不僅態度堂堂，也可能是因為望著他將百合插進劍山的沉靜手法，當場的緊張氣氛逐漸隨之煙消雲散。

元旦也和我一起盤坐著插花。他被曬黑的手指攪亂了花器中盛滿的水，水珠從溼濡的指甲上滴落。他的指甲縫累積了汙垢而呈現黑色。我和永井的目光不知不覺都追隨著他插花的手指。

爲搭配而添上的箭芒，在緣廊吹來的風中低垂搖曳。永井忽然開始聊起和中堅連鎖居酒屋的契約被解約一事。

「那件事不是也要怪那個肌肉笨蛋嗎？」元旦說。

永井好像也知道肌肉笨蛋是誰，鼻子發出哼哼的輕笑聲。

「那個笨蛋只要自己搞砸了，就全部推給永井。」

元旦用報紙將散落的葉片包起來，丟進垃圾桶。

我想起前幾天的公司朝會。那天早上，愼二在大家面前毫不留情地數落了永井半天後，還隨手掄起按摩棍狠狠地敲了他的頭。我本來因爲剛起床還迷迷糊糊的，卻因爲那聲響整個人清醒了。據愼二說，和居酒屋連鎖店的契約突然遭到解約，全都是因爲永井的疏失。愼二粗暴地拉著永井的耳朵，要他在大家面前站好，說：「在大家面前道歉！」隨後，硬是扳起他低垂的臉。永井輕聲囁嚅著：「對不起。」愼二卻怒吼：「聽不見啦！」老實說，那眞教人看不下去。永井又再次在大家面前低頭：「對不起！」

總之那醜態令人不快之極，不過當時我深信的確是永井的疏失吧。然而聽著邊插花的元旦和永井的對話，情況似乎不是如此。

「說到這裡，那傢伙也有他要面對的難處呀。我只是個員工，慎二可是個經營者。我被大家瞧不起沒關係，可是如果經營者被瞧不起的話，這公司大概就完了……」永井說。

「那和這個根本扯不上一點關係吧。事實上，都是那個笨蛋，才害我們被對方老闆逮到機會，趁機中止契約吧！」元旦說。

「喂，別說了啦，石田在這裡。」

「沒關係啦，這傢伙跟我們一國的。」

他兩人的臉突然轉向我，讓我感到不知所措。他們似乎等著看我的反應；我避不開他們的眼神，只好識相地跟著點頭。

「總覺得自己眞丟人啊。」

我猛然想到了一個問題，便向一臉困窘的永井問道：

「請問……，慎二他從以前就喜歡格鬥技嗎？」

「不是。他小時候總是被欺負，還常哭呢。可能是一種叛逆吧。」

「永井以前也會欺負他嗎？」

「哈哈哈，我已經不記得了。而且現在還得找元旦發牢騷，應該沒資格再提當年勇了吧。」

元旦遞給點了菸的永井一個菸灰缸，端起插著日本百合的花器，小心翼翼地將它擺在壁龕中。他退後一、兩步端詳著，之後朝著我說：「插得很不錯吧？」我評論說：「那片葉子拿掉比較好吧？」他隨即說：「哪一片？」一邊走近壁龕。

「就那片，最上面那朵花的下面……，不，不是那個。」

我爬過榻榻米，指著花朵下方一片太重而低垂的葉子。

「被你這麼一說，好像真是沒錯呢。」

元旦將葉子摘下，低垂的日本百合大幅度地晃動。當他再度站開眺望時，永井也發表了意見：「不過拿掉以後，又覺得好像不太協調耶。」

有好一會兒，三人就這也不是，那也不好地討論著。一直以來，或許元旦就是像這樣聽著永井的牢騷，一邊插花的吧。剛剛聽他們把我納入同一國，感到有些不知所措，不過看著這兩人以生澀的手法把玩花卉的背影，漸漸覺得這是一件光榮的事，只不過元旦是和永井妻子睡過的人。我再度注視起兩人把玩花瓣的背影。

「想想，花這種東西還眞是下流，」元旦說。對於面對永井「爲什麼」的疑問，他笑著說：「因爲在花瓣裡，同時具備了男人和女人的性器呀。」

有次，我碰巧在東京車站撞見永井的太太。那是元旦房裡的祕密事件發生之後一段時間的事吧。那一天，我去東京車站接上東京的幸之介。由於已經許久不見了，所以我一直以爲鞠子也會陪我一起去。不過她卻在答錄機留言：「今晚有演員的交流暢飲會，所以沒辦法去了。代我向幸之介問好。」我很想抱怨一句：「不是兩個星期前就先和妳說好了嗎？」不過我還是忍住，一個人到東京車站去了。

約莫在那時候，鞠子經常在晚上和劇團朋友續攤喝酒。甚至還被兩、三個男人抬回來過。我跑出玄關怒吼道：「妳以為現在幾點了！」而她也立刻吼回來：「自己看時鐘啦！」還有一次實在是喝得太晚了，我還打了她的頭，架著她的幾個男人連忙阻止我說：「好了好了，原諒她吧。都怪我們讓她喝這麼多，我們向你道歉。」鞠子被打了頭之後銳氣頓失，哇地一聲大哭起來，叨念著一些莫名其妙的藉口：「這個人什麼都不懂啦。他除了會搬貨之外，什麼享受都不懂啦。」

不過只有一個月住一次大飯店這件事，依舊違反我的意願進行著。紀尾井町的「新大谷」飯店、虎之門的「大倉」飯店、新宿的「東京凱悅」大飯店，還有惠比壽的「WESTIN」大飯店。我們住在「WESTIN」時，爲我們客房服務送薯條來的，正好是我的中學同學，他正在那兒打工。隔天早晨，在他開始工作前，我們一起在一樓露天餐廳吃了早餐。他笑著說：「我還是頭一次工作時在這兒吃飯呢。」他似乎對我從事什麼樣的工作很感興趣，當我告訴他「我在做配送卡車的助手」時，他露出不可思議的神情。鞠子雞婆地連月薪多少都告訴了他，以至於他還爲我們擔心地說：「是不是有點豁出去的感覺呀？」

我還是一樣，和鞠子在一起就開心得不得了。但是，我也感受到她來東京之後的變化。原本是布萊德彼特頭號影迷的她，受到劇團同伴的感化，不知從什麼時候開始迷上一個叫做路易．馬盧的法國導演。如果一起看的是布萊德彼特的《火線追緝令》或《末路狂花》倒還挺有趣的；可若是我身體勞動後、疲累不堪的非週末夜晚，卻要聽她解釋電影中如何完美地表現出厭世中年政治家的官能世界，以及戰時孩童的纖細情緒波動，不管她說得再怎麼有趣，我還是不得不屈服於陣陣襲來的睡意。不但如此，鞠子竟然還說：「或許我們兩人的世界是不一樣的吧。」在東京這間狹窄公寓中所形成的代溝，一天比一天大了。鞠子也要求我能有所變化。她希望我放下沉重的貨物，輕盈地四處飛躍。不過我卻害怕真要這麼做的話，就會如同漂浮於大海中的泡沫，不論隨波逐流到哪裡，最終都會破滅消逝。

有飛行恐懼症的幸之介，穿著他那一百零一件的好衣服站在東京車站的新幹線月台上。他從紙袋中一一掏出土產來，「這是我媽給你的，這是惠美要給你的。」我阻止他：「我會收下的，不急！」他才說：「也對啦。」又一邊將拿出來的土產放回袋中。他問：「鞠子呢？」我回道：「她有事不能來。」他又問：「這裡的生活還順利嗎？」我含糊地回答：「還好啦。」沒必要向幸之介細訴那種感覺吧！他凝視著我一會兒後，有點僵硬地拍拍我的肩頭說：「眞的是好久不見了呢。」我感覺他好像有什麼難言之隱。

「你來東京有什麼事嗎？」

「什麼事？不就是來看你嗎？」

「看我？來，想看多久盡量看。」

我們從月台步下階梯，我伸頭看向幸之介，他露出往日一般的笑容。雖然只待一晚，我們家卻沒有讓幸之介住下來的空間。因爲當時正好是晚餐時間，所以遷入新宿的飯店之前，我們決定先進車站大樓吃飯。車站一樓有服務櫃檯，幸之介冒冒失失地走近後，劈頭就問身穿淡粉色制服的服務小姐：「這大樓裡最高級的餐廳在哪裡呀？」女孩忍著笑道：「抱歉，這裡是交通服務櫃檯……」讓他碰了個軟釘子，不過她還是告訴我們：「六、七樓是美食樓層，請你們到那裡問問看吧。」

「一開口就高級餐廳，這麼威風啊。是不是你的墓石狂賣，狠撈了一筆呀？」

「怎麼可能呀，還不是老樣子。」

我們坐電梯上了七樓，幸之介馬上開始尋找最貴的店。看見一間懷石料理店，便一頭往裡鑽，我抓住他的手臂說：「不用啦。我們去那邊的蕎麥麵店吧。」他甩開我的手說：「難得見上一面，別這麼小氣啦。」我們穿過迷你日本庭園，坐進包廂的榻榻米上。一翻開菜單，連便當都要價四千圓。

因爲無法坐飛機，特地從九州搭新幹線迢迢前來跟我說的話，對我而言雖然無關痛癢，卻也有些悲哀。他是來請我將奶奶那塊登記在他和我名下的土地賣給他。那塊土地上已經蓋了一棟幸之介家族的二代同堂住宅。奶奶去世後，我決定隨鞠子一同搬到東京來時，幸之介便說要在舊宅上蓋一棟二代同堂的住宅。我和他從小就像親兄弟一樣一起長大，所以我立刻就瞭解這事不是他的主意。如果把奶奶的家打掉，蓋一棟幸之介夫婦和他父母的家，必然的結果就是我會變成無家可歸。和人造衛星一樣，一旦脫離軌道後，便無法再回到同樣的地方去。即使如此，我還是沒皺一下眉頭地爽快允諾。我想，就當作是我來東京的懲罰吧。「只要你高興，隨時都可以回來。」雖然幸之介這麼對我說，但我當時腦袋裡卻突然浮出他父母一到假日爲了尋訪遠處好吃的拉麵店，而坐進可樂娜的模樣。

幸之介對著四千圓的懷石便當，正思忖著該從何處下手。我語帶諷刺地問道：「想一個人獨占土地是你的主意？」他露出難得嚴肅的表情搖搖頭。那塊地在鄉下地方，連車都開不進去，但對我而言，這根本不是錢的問題。

「我是無所謂啦，不過惠美和我媽她們……」

幸之介用筷子夾起的白果掉了下來。

「唉，惠美和我媽說我們這一代還沒關係，只是到我們孩子那一代就比較麻煩了。她們說，也不知道我們的孩子可不可能像你我一樣處得這麼好。」

「那塊土地也不是什麼値錢的東西嘛。」

「喔，你還眞是明白事理呀。錢方面，我會一次付清的。」

「這不是重點……」

「如果你不願意的話，我也不會逼你。讓孩子們去爭就好了。」幸之介笑著說。

我望著他，以為他已經有孩子了，可是他坦誠地告訴我：「還沒有啦。」

這時，有客人走進迷你日本庭園。還好老闆娘將走進的客人領往相反方向的座位，所以沒有打到照面，那兩個結伴同來的客人是永井太太，和肌肉笨蛋慎二，我應該沒有看錯。

「怎……，怎麼啦，幹麼鐵青著臉。真的不願意的話，就直說好了嘛。」

幸之介的聲音讓我回過神來。他們的身影雖然在剎那間被屏風遮住，不過透過葉形鏤空處，正好可以看見坐在座位上的兩人。他們似乎沒有注意到我，一在桌旁就座，便握起彼此的手。

「怎麼了？」

「沒……，沒什麼。」

「你認識的人？」

「不，不是。」

不論是盛在櫻花瓣容器中的炊飯，還是甜甜的乾燒菜餚，都讓我食不下嚥。坐在我對面的幸之介，毫不客氣地伸出筷子，把我的菜也吃了。

「到飯店放好行李之後，我就要出去玩囉。藤田大叔告訴我歌舞伎町有幾家色情理容院可以去玩玩。」

幸之介從口袋掏出一張紙條，上頭寫著潦草的字，一看那字，我便想起了藤田大叔肥胖手指的關節長滿濃密毛髮的樣子。他沒有右拇指，是作業時一不留神在柱石和上石台間被壓碎的。流在白御影墓石上的血，就像是從石頭裡滲出來一樣。

幸之介去收銀機前結帳時，我越過他的肩頭，窺探永井太太和愼二。永井太太腳邊放著小型旅行袋，她正把茶倒進愼二的茶碗中。

元旦知道她也和愼二有一腿嗎？如果知道自己平常稱爲「肌肉笨蛋」的傢伙也是她的情夫，是否會暴跳如雷呢？我思忖著。

在往新宿飯店的電車上，我幾乎陷入沉默。幸之介雖然被眾多人潮擠得頭昏眼花，卻仍一邊拉著吊環眺望窗外的東京，一邊不時擔心地望向我。他好像以爲我是在煩惱土地的事。不過在走進電車時，我已經先回答了這個問題。

「土地的事你怎麼方便就怎麼做吧。」

他點點頭說聲「是嗎」，「如果你哪天決定要把它討回去，隨時來找我。」

他笑著。殘酷的語言多半都是出自於浮著笑意的雙唇間。

大批乘客在四谷站下車，幸之介找了個空位坐下來。他將行李放在膝上，隨即露出令人難以直視的得意神情仰望我。

「叔父說要我繼承公司。」

我注意到背後有乘客想搶在車門關上前跳進車來，不過時間沒算準，人還沒進來車門就關上了。

「你也知道，叔父不是沒孩子嗎？」

「石材行老闆呀……，很好呀。」我驚訝地失笑了。

「不知是好還是不好……，他還說也要把你叫回去『一起繼承』。不過……」

「叔父還在生氣吧。」

「誰教你不顧叔父反對，跑到東京來。」

幸之介低下頭，車窗口吹進的風，吹亂了他的髮絲。

我在叔父的石材行整整做了四年。白御影石的青麻岩，黑御影石的貝魯發斯特岩……，雖然每天搬運的墓石種類不同，但是週而復始的單純作業卻大同小異；就是以草蓆包覆石材，拉起繩子吊到卡車上後，再一一運到市內各墓地的。因爲是親戚，叔父很照顧我和幸之介，還說五年後要將店交給我們營運。

我現在有時還會憶起墓石冰冷的感覺。悶熱的盛夏中，當我將汗水淋漓的臉頰貼在石頭上，那涼冰冰的觸感似乎會讓整個人又活了過來似的。我當時已經和鞠子結婚，所以藤田大叔一看到我抱著墓石，就會嘲弄地說：「老婆不理你了喔。」

有一個傍晚，當我們正忙著搬運塔形木牌（註）的石架時，下起了一場驟雨。於是我們暫且先把石材搬到現場去，架設作業則延後進行。雖然香爐和碑文已經裝設完成，不過主體工程只做到中石台部分，整個墓地作業只進行到一半。我不自覺地凝望著在滂沱大雨中，倉皇返回卡車的藤田大叔背影。回過神來才發現，我一個人站在山丘上所豎立著的幾百座墓石中，獨自淋著雨。

大雨也毫不留情地打溼了墓石。任何一座墓石前都供奉著色彩繽紛的花，而那些花也都被雨淋溼了。

我來回走在滂沱大雨的墓地中，下意識地尋找沒有花的墓碑。泥巴濺在泥濘的腳邊。就是在那時候，我突然有了「還是去東京看看吧」的念頭。之前，鞠子已經遊說我多次了，但我總覺得還有些地方沒想通；那個即將離開這片土地的自己，那個要從墓石搬運中解放出來的自己。

那時，晦暗的天空發出轟鳴，狂風大作，溼濡的作業服啪答作響，似乎連山丘上豎立的墓石，都快要隨風傾倒般。倒下的墓石將會壓毀供奉給自己的大朵菊花。

之後大雨停歇，天空在轉瞬間放晴了。進行到一半的主體工程還放著上石台和柱石。耗費一百二十萬圓的黑御影柱石上刻著「南無阿彌陀佛」的金色文字。看起來比死者姓氏還要來得氣派。

不論多麼疲憊，完成作業後，我們都會在墓石前排成一排，為素未謀面的死者雙手合十後，才離開那裡。

幸之介按計畫去了歌舞伎町的兩家理容院，隔天帶著意猶未盡的神情搭上新

註：豎立於日本墓地旁的細長木牌，上端邊緣會刻上幾刀，看來像是幾個塔相連的形狀。木牌上會寫些梵文或經文，以慰死者在天之靈。

幹線離開東京。鞠子雖然宿醉，但也心不甘情不願地到場送他。

回到公寓後，我們討論著要如何消磨這般無聊的星期天午後。她說想要補個眠，我卻提議去參觀夾報廣告介紹的附近高級公寓樣品屋。我花了一個鐘頭，才讓愛叨念的她站起身來。當然我們完全沒有要買的意願，也沒有錢買。

我們去參觀的高級公寓，並沒有高級到哪裡去。牆壁不夠厚，天花板也很低。站在客廳裡，甚至有壓迫感。鞠子才看五分鐘就放棄，回公寓去了。我獨自閒晃到車站前，卻碰巧撞見步出花店的元旦。

「你要插朱槿呀？」

我拍拍他的肩膀，叫住他。

「是房東託我買的……。出來買東西？」

「不是，是去看房子啦。」

「房子？你要買呀？」

「怎麼可能！」

元旦抱著朱槿和我並肩走著。當我們沿著鐵路走向他家時，甜蜜的花香乘風飄散。我也不知道自己圖的是什麼，竟然一股腦地把幸之介到東京和我商量賣土地的事全盤托出，這事我連鞠子都沒說。也許我是想要順勢將話題帶到愼二和永井太太吧。在我說完被幸之介拉到高價的懷石料理店，吃了四千圓的便當後，我裝出一副不感興趣的樣子說：「啊，說到這，愼二和永井太太也在那家店裡喔。」元旦只回答：「喔，這樣啊。」他的口氣聽起來似乎比我還沒興趣。

「你就只有這種反應啊？是愼二和永井太太哩！」

「我早就知道了呀。」

「你知道？」

「不只是知道，我還清楚得很，因爲是我讓他們倆見面的嘛。至於是怎麼讓他們見面的，你應該還記得吧？」

元旦笑了。那個爽朗的笑容似乎會引人也跟著一起發笑。

「等等。可是，你不是一直都把愼二說得一文不值嗎？像什麼『肌肉笨蛋』之類的。永井也是，如果他知道的話……」

「他應該會生氣吧。不過我想就算對象是你，他也會生氣的喔。」

「話是沒錯啦……」
「你就可以，愼二就不行？」
「我可沒說『我就可以』吧。」
「那就別放在心上嘛。」
越過鐵路平交道，元旦在香菸自動販賣機前站定。他說身上只有五千圓大鈔，要我借他零錢。我總覺得他太無理取鬧，猶豫著要不要掏錢，「快借我啦。」他催促著。
「該怎麼說呢，覺得望月你和永井應該更互相信任，彼此尊重比較好……，因爲你也當了永井的助手好幾年了吧？」
「別開玩笑了。你是我的助手吧？所以怎樣，你也尊敬我嗎？」
「不要模糊焦點啦！只是，我就做不出來。對著每天一起工作的前輩的太太出手，甚至還介紹給其他男人。」
「隨你怎麼說，快借我兩百圓啦。」
我依他拿出了兩百圓。他從自己的口袋掏出幾個十圓硬幣，買了包七星超級淡菸。

「既然如此，爲什麼常常說愼二的壞話呢？你不老是說討厭愼二嗎？」

我對著元旦邁步向前的背影問道。他連頭也沒回，笑說：「我當然討厭他啊。只是，我和討厭的傢伙也可以處得很好。」「……還是應該說，我並沒有那麼討厭那些噁心的傢伙吧。」他補充。

我想起永井在他房裡喝啤酒、和他一起討論插花的身影，「那，永井呢？」我對著元旦背影叫道。

元旦轉過頭來。他胸前抱著的朱槿沐浴於夏日的陽光下，鮮豔到幾近刺眼。

「永井呀……，他是個被同學欺侮，只會低頭說『是是是』的男人。不管怎麼想，我就是沒辦法喜歡他。」

我站在自動販賣機前動彈不得，元旦說：「要不要順便來我家坐坐？」我搖搖頭拒絕。

「過來坐一下嘛。」他只叫了一聲，聲音從他的背影傳來。

助手田口把方向盤大轉了半圈，將卡車駛入鋪著碎石粒的停車場。輪胎輾過碎石的觸感傳到了臀部。停車場中，幾乎所有的卡車都回來了。雖說白晝的時間拉長了，成排的卡車車體上卻已閃耀著暗紅色的餘暉。從碎石地面浮升起的沙塵味，從車窗飄進來。

數度轉動方向盤駛入車庫後，田口關掉引擎。「辛苦了。」我出聲道，接著跳下副駕駛座。坐在三號車貨台上的土谷，一邊拚命擦拭著額頭滴下的汗水，一邊對我說：「怎麼這麼慢呀。」

「今天眞熱，夏天還沒過完哪。」

我點了一根菸，倚在土谷的卡車上休息。在五號車和六號車的貨台上，新庄和幾個人正在聊改裝後重新開幕的小鋼珠店。

「今天起又可以用淋浴間了呢。」

「修好了嗎？就算修好了，那淋浴設備動不動就壞了咧。」

土谷站起身來，把工讀生搬來的貨籃拉上車。工讀生今天似乎是第一天上班，一雙膝蓋竟無力地顫抖著。

「土谷，你是不是又把人家狠操了一頓？他不是已經累得半死了嗎？」

學生臉上浮現膽怯的笑容，又走回倉庫去。

「誰教他要吹噓自己在大學玩美式足球，既然如此那我就把陽樂大廈的配送全都交給他了。我就是不爽他，橄欖球不玩，玩什麼美式足球嘛！」

「陽樂大廈不就是那棟沒有電梯的四層樓？」

田口已經在背後開始堆起明天的貨了，我跳上貨台正想幫忙，辦公室那邊卻響起了熟悉的怒吼聲。慎二今天不知道是哪裡看不順眼，好像又在找永井麻煩了。雖然沒人在乎這千篇一律的事，不過根據斷斷續續傳來的聲音，慎二似乎是不滿永井把沾滿汗漬的收據就這麼交到他手上。

「人哪，變成那樣就完了。」

土谷的聲音從隔壁貨台上傳來，我挺起彎下的腰部，轉過身去。

「他已經習慣了吧。不知不覺中，習慣了被人瞧不起。人哪，只要習慣這種事就完了呀。」

聽著土谷的低語，我沒有搭腔。目光望向辦公室入口，較平日早解脫的永井，以熟練的腳步走下階梯來。他注意到我，便輕舉起單手說：「辛苦了！」我同樣舉起單手招呼，不由得想起土谷的話：「人不應該習慣讓自己被人看不起。」呆想之際，毛巾卻從脖子掉下來。田口拾起毛巾撢著上頭的塵土，輕聲說：「他爲什麼不敢抬頭挺胸呢？」他似乎也看到永井步下階梯的身影。

「什麼？」

「永井呀。爲什麼總是那麼唯唯諾諾的？」

「我也不知道。」

我接過毛巾，用腳把貨台上的貨籃堆在一起。田口沒再問什麼，往倉庫走去消失了蹤影。我以前曾問過元旦相同的事。元旦告訴我：「永井買公寓時，向愼二借了頭期款。他和太太就是靠那筆錢，才能買下公寓一起生活的。」

肌膚上的汗水逐漸被風吹乾。我一邊在貨台上等著田口把貨籃搬來，一邊舔了舔自己的手指甲。也許是因爲那鹹味，讓我感到饑腸轆轆。田口把三層可樂貨籃疊在一起搬過來。他沐浴在斜陽中的表情，有著濃濃的疲憊。

「田口，休息一下再做吧。」

「一口氣做完比較好啦。」

田口手不停歇地一一將貨籃堆到貨台上。先回辦公室的土谷及新庄好像進了淋浴間。那裡的燈亮了，敞開的窗戶傳來水花四濺的聲音。和我同樣仰望二樓淋浴間的田口用力攤開防水布，說：「我要罩上防水布了，快從那邊下來吧。」

我依言從貨台跳下來，就聽見淋浴間窗戶那兒傳來新庄因爲水溫冰冷而誇張的慘叫聲。夕陽在不知不覺中已經西沉，隔壁小鋼珠店的粉紅色霓虹燈，染紅了停車場的碎石子。

田口將貨台罩上防水布後，往淋浴間走去，我下意識地叫住他，看著他回過頭來，原本想說些什麼，但該說什麼話連我自己也不知道。

元旦忽然辭掉工作，是兩年前秋天的事。田口進公司才半年可能還沒經驗，不過一到夏天的旺季，持續不停且嚴酷的勞動，讓我這個老鳥都感到頭昏眼花。堆貨量不但會膨脹到冬季的三倍以上，毫不留情曝曬大地的夏日豔陽也奪走身體的力量。手臂麻痺得宛如蛇一般纏著貨籃動都不能動。因爲在石材行工作時幸之介曾教過我祕訣，所以不論有多渴，我都不會大口喝水。當身體幾近脫水狀態時，急速攝取大量水分是很危險的。不過，外行的工讀生卻耐不住狂冒的汗水和乾渴的喉嚨，背著我偷喝水。然而，喝水並無法療癒疲憊、乾渴以及酷熱。有些傢伙在卡車上嘔吐，還有些傢伙因爲身體不適被送到醫院。第二天，他們也沒有聯絡，就此辭去工作。

遇見抱著朱槿步出花店的元旦之後，我還是坐他的卡車，和之前一樣繼續工作。只是我不再提起永井太太和愼二的事。那個夏天，我用領到的第一筆獎金在家裡裝了冷氣，還把溫度設定在十六度，讓房間冷得像冰箱，然後和鞠子兩人裹在毯子裡叫著：「好冷，好冷。」

酷熱的日子持續了二十天以上。連元旦在配送中也都不想說話。堆貨量一多，加班也必然隨之增加，再加上配送錯誤、抱怨電話、工讀學生無故蹺班、卡車故障……，那段時間每個人都焦慮暴躁，火氣旺盛。

那天夜裡，回到公司停車場時已經過了晚上八點。即使如此，倉庫仍然燈火通明，被酷夏耍弄了一整天的同事，都在重重地嘆氣堆著第二天要送的貨。

元旦關掉引擎跳下駕駛座，拿著一疊收據走向辦公室。我一如往常地靠在貨台上點了一根菸。我才正納悶元旦踩在碎石上的腳步聲怎麼忽然停了，卻見他回過頭來怒吼：「喂！先堆貨啦！」這還是第一次因工作的事被他責罵。他瞪視著大吃一驚的我：「你至少已經知道該先堆什麼貨了吧？」我心底暗忖他應該是開玩笑的吧。我識相地附和了幾聲，「這種工作不用我一件一件交代吧！」他說完，便步上辦公室階梯。

我扔下剛點著的菸，用腳踩熄。胸口附近霎時熱了起來。

我走進倉庫搬貨籃，土谷的卡車回來了。他跳下駕駛座一見到我就嚷著：「爲什麼你們比較早回來！不是因爲你們的量太多，才把陽樂大廈轉給我們做的嗎？」他用力地關上車門。我別開視線，將腳邊的貨籃舉至肩頭。

公司裡盛傳元旦籠絡愼二，定出對自己有利的工作路線。當時，公司內嚴峻的氣氛及視線都直逼我這個助手而來，但是當事人元旦卻一副無所謂的樣子，以輕揮蒼蠅般的態度面對這樣的氣氛和視線。這對土谷他們而言更是火上加油。元旦的置物櫃門上還不知被誰吐過口水。

土谷瞪著元旦從辦公室回來的身影，不過並沒有上前找麻煩。元旦步出門口，裡頭出現正在調戲年輕女事務員的慎二。

堆完貨的人一一步上辦公室，有些人在階梯上早早脫下作業服，用毛巾擦拭背上的汗水。元旦從辦公室回來後心情還是很糟，我們倆漠然地堆完貨。汗水以惱人的速度流過背脊。爲卡車罩上防水布後，我就跟在元旦後頭步上辦公室階梯。一進門，永井又站在慎二面前挨罵了。我已經不想看了，打算視而不見地走過那裡，資深的事務員榮子將我委託的文件交給我。那是和幸之介土地買賣契約中要使用的文件。

我在置物櫃室中脫去作業服，走進裡側的淋浴間。打開門，汗味撲面而來。淋浴設備好像還沒修好，骯髒的裸男們巴望地等著水流出來。還有人因爲極度疲憊，一屁股坐在水泥地板上。

永井挨罵走進來時，水突然從蓮蓬頭噴出。室內響起一陣悶悶的歡呼聲，裸男們如同盛開的花朵般分散至牆上的蓮蓬頭底下。水花沖去大家的汗水，在水泥地板上竄流著。

我兩手撐著濡溼的牆面，雙腳張開讓水從頭頂淋下來。由於大家一起使用淋浴間，造成出水狀況不良，從髮間落下的水變得微溫後才流到背上。不知是誰使用的洗髮精散發出甜味。那時，背後「啪」的傳來一聲沉悶的聲音。一回頭，土谷正拿著溼淋淋的毛巾拍打牆壁。有隻連我這進了水的眼睛也看得很清楚的烏頭蒼蠅，逃出毛巾飛走了。蒼蠅停到泛黃的天花板上。大家在不知不覺中，視線都追著那隻蒼蠅。蒼蠅動也不動，像是不把我們放在眼裡，像在挑釁。

新庄助跑後一躍而上，用溼毛巾揮打天花板上的蒼蠅。不過，這次又被蒼蠅靈巧逃過，徒留新庄著地時，性器碰撞腹部所發出的聲響。淋浴間迴盪著疲憊的笑聲。大家各自以溼毛巾追著蒼蠅，四面八方都傳來了「啪唧」的悶響。最後殺死蒼蠅的，是我。

大家敷衍地發出一陣歡呼，掉到地板的蒼蠅振動著翅膀，浮上水面，隨後被吸進了排水口。

大夥兒正想回頭面向蓮蓬頭，門開了，愼二朝室內發出怒吼。與他粗壯身材不相稱的高亢歇斯底里聲調響徹淋浴間。我想所有人應該都想當場把耳朵摀上；

那聲音甚至令人暈眩作嘔。他怒吼著永井製作的業者用訂貨表出了錯。大家不約而同望向在最裡側淋浴的永井的背。雖然每個人心知肚明，出錯的一定是愼二，但大家還是在心底祈禱著：「拜託你快點認錯吧。」

也許大家都想早點逃離淋浴間吧，像是事先約好似地，室內同時傳出關上水龍頭的聲音。因爲如此，永井淋浴的蓮蓬頭水勢隨之大增。一如往常開始叨念不停的愼二就站在門口，所以誰都無法跨出門外。疲憊的男人們如同亡靈般站在潮溼的牆壁前，等著永井道歉。那是一種相當詭異的氣氛。愼二在眾多裸男圍繞下，剎那間似乎有些膽怯而後退，要永井跪下認錯的怒吼聲因此大打折扣，甚至令人覺得醜態畢露。即使如此還是沒有人插嘴，每個人都一臉「干我何事」的神情，心裡都在期望永井快點認錯。永井仍舊背對著大家繼續淋浴，像是一直在忍耐。

「這次我不會原諒你了！快在大家面前下跪認錯！」

愼二的怒吼聲弄得現場氣氛更是尷尬。大家都在等著永井下跪，認爲那是必然的結果。

但是那一天，永井說什麼都不認錯。不知不覺中，不僅是愼二，連我們也開始對不肯下跪的他感到不耐。總之，我們只希望事情趕快結束。

「辦不到……」

永井溼濡的背部抽動了一下。

「什麼？你說什麼？」

愼二笑了。

「要我下跪，辦不到！」

永井背對著大家，堅決地這麼說。不協調的沉默瀰漫著，我們像是被迫聽著難聽走調的歌曲一般。就在那時候，元旦向前邁出一步說：「下跪也沒什麼大不了的嘛……，我跪給你看！」說著就在溼濡的地板上跪了下去。

大家驚訝之餘全都嚇呆了，身上的毛巾也都跟著身體搖晃起來。

「看，我和你一起跪，你就快跪下來吧。你再這樣，我們都回不去了耶。」

元旦那冷淡的口氣幾乎令人毛骨悚然。

永井這畢生唯一一次的反抗，卻被元旦那可鄙無情、「想早點回去」的焦躁心態打成了鬧劇。他心中萌芽的小花苞，遭到元旦殘酷地踐踏。元旦跪在地上，脖子龜縮著，背上的水滴流到臀部，滴落在水泥地上。地板上淋浴的流水，騷弄著我的腳趾。於是我抬起腳，仰起腳跟，不假思索地朝著元旦的肩頭踢下一腳。沒錯，首先踢出去的就是我溼濡的腳。我的腳在他的肩頭滑開，殘餘的力道順勢打到了他的下巴，腳掌傳來了他的體溫。他抬起臉，驚訝地望著我，卻被我再次踹在腳下。傳來令人不快的「啪嚓」聲音。我嚇得猛然縮回腳，身體抖了起來。我的身體越抖越厲害，眼前則突然浮現那天的景色：牆壁看來像是溼透的墓石，我站在四周立滿幾百座墓石的山丘上；傍晚的驟雨中，我獨自在墳地中被淋得溼答答的。溼濡的男人將蹲著的元旦團團圍住。而我的腳邊流來混著血的唾液。紅色的唾液被淋浴的水攪住，在排水口隨著漩渦旋轉。不知是誰抓住我的肩膀將我拉開，接著上前往元旦的腹部踹下去。突然大家一起踢向元旦。長著毛的小腿、伸長的腳接二連三地落在他身上。水花飛濺著，底下傳來他的呻吟聲。元旦想要逃，腳一滑卻跌在地板上。墓碑前供奉的花，花瓣滴下水。滂沱大雨之中，我來回走著。泥濘不堪的汙泥弄髒了我的鞋，凋零的花朵四散紛陳。風從山丘呼嘯而過，溼濡的作業服「啪答啪答」作響。山丘上的墓石隨風傾倒，供奉的花朵也被壓毀。我找不到沒有花朵的墓石。遠方傳來藤田大叔的聲音。好長一段時間中，我一個人來回尋找著。白菊花、黑百合、鈴蘭、水仙，不論是哪一個墓地都有花。「住手……」元旦嗚咽著叫道。他在牢籠中；在男人小腿所圍起的牢籠中。我的身子被人往後推，抱著溼濡的牆。臉頰貼在牆上，牆面帶著微微的溫暖。我閉上眼。花瓣從裂開的天花板飄落。花瓣落在地板上一一被水攫住，隨著漩渦打轉後，被吸進排水口去。花瓣漩渦在地板上擴散開來，一片不留都被吸了進去。我再也無法忍耐，睜開雙眼，水泥剝落，元旦蹲著正在哭泣。他被打得落花流水。他的身軀、溼濡的肌膚上殘留著，花瓣。

變薄的肥皀在排水口打轉，被眾人的腳一踢，便滑過溼濡的地板，撞到了牆。

步出淋浴間時，田口說：「要不要順道去吃拉麵呀？今天鞠子不是也會晚回家嗎？」

我細細端詳他，發現這半年來他的肩膀已長出了肌肉。

「你怎麼知道？」

「什麼『怎麼知道』……，早上你自己講的呀。」

我回頭環視淋浴間。除了我和田口之外，裡面已經沒有其他人了。那件事發生的隔天，元旦還是按時來上班。頭幾天畢竟尷尬，我甚至會覺得他看來就像是被我踐踏的花、被我踩在腳底的鞋子。不過因爲沒人再重提舊事，不知不覺中我們又恢復到邊聊天邊工作的狀態。然而兩個月後，他一聲不吭地消失了蹤影。

我和田口到更衣室換衣服時，聽見從辦公室傳來愼二邀永井到最近新開的脫衣舞酒店說話聲。我不知道永井太太和愼二是否還在來往。我撇下正在穿襪子的田口，先步出更衣室。永井和愼二與我擦身走進淋浴間。他們似乎決定要去脫衣舞酒店，所以愼二也要先洗澡再回去。

留下來加班計算薪資的榮子叫住我：「上個月去住哪家飯店呀？」一手養大三個孩子的她，聽到我和鞠子打算住遍各大飯店的事，覺得反正這種日子也只能過到小孩出生，所以也懶得多說什麼。

「新宿的『PARK HYATT』。」

「一晚大概要花多少錢呀？」

「將近五萬圓呢。」

榮子一如往常發出誇張的嘆息聲，嘟囔著：「還眞逍遙喔。」便又開始按起她的計算機。

因爲鞠子說劇團有排練，時間會拖得很晚，所以上個月的「PARK HYATT」我們是分別去的。我先抵達之後也沒事可做，一如往常的轉開大螢幕電視，躺在床上，一手拿著啤酒觀看巨人對阪神之戰。約莫到八局下半時鞠子現身了，她看起來也不像特別想做什麼，如同以往地開始寫起寄給自己的信。那封信會從飯店櫃檯寄到自己的公寓去。「PARK HYATT」是我們至今所住過的飯店裡最棒的一家。這裡不僅裝潢沉穩大方，房間也很寬敞。拉開窗簾，展現於眼底的是平日卡車來回奔馳的東京夜景。在這猶如飄浮於空中的豪華房間，我們倆幾乎誰也沒開口，一個人看棒球轉播打發時間，而另一個則是在寫信。最近，鞠子既沒有提醒我：「難得來住大飯店，別看什麼棒球啦。」我也不會從她後頭偷看說：「妳都寫什麼給自己呀？」棒球轉播結束後，我會關掉電視，洗個澡鑽進被窩。房間一角的燈光會一直亮到深夜。

打卡後走出辦公室，隨後追來的田口從階梯上叫道：「等一下啦，一起回去嘛。」

我沒回頭逕自下樓，從第三階一躍而下。腳跟的麻痺感直竄頭頂。

今年過年，元旦寄了張賀年片來。明信片上只寫了「恭賀新年 元旦」，紙面上還留下許多空白，我想「元旦」二字或許是署名吧，他應該正在某處充滿活力地生活著吧。

我和田口步下階梯沿著公司的牆邊走著。牆上的排水管有些破損，永井他們淋浴的水飛濺到地面上，形成了一個水窪。

「要順道去哪家店？」走在前方的田口問道。我對著他的背回答：「不了，我回家煮東西吃。」

我學田口跳過水窪，回頭仰望排水管。生鏽的排水管一直連接到淋浴間的排水口去。

吉田修一
Yoshida Shuichi
作品集03
公園生活

國家圖書館出版品預行編目資料

公園生活／吉田修一著；鄭曉蘭譯
.- 三版.- 臺北市：麥田出版：
家庭傳媒城邦分公司發行，2020.04
面；　公分. ——（吉田修一作品集：03）
譯自：パークライフ
ISBN 978-986-344-747-4（平裝）
861.57　　　109001514

作者＝吉田修一YOSHIDA SHUICHI｜譯者＝鄭曉蘭｜責任編輯＝陳嫺若（初版）、戴偉傑（二版）、徐凡（三版）｜封面設計＝蕭旭芳｜排版＝浩瀚電腦排版股份有限公司｜副總編輯＝巫維珍｜編輯總監＝劉麗眞｜總經理＝陳逸瑛｜發行人＝凃玉雲｜出版＝麥田出版・10483台北市中山區民生東路二段141號5樓・電話：(02)2500-7696・傳眞：(02)2500-1967・部落格：http://rye-field.pixnet.net｜發行＝英屬蓋曼群島商家庭傳媒股份有限公司城邦分公司・10483台北市中山區民生東路二段141號11樓・http://www.cite.com.tw・客服專線：(02)2500-7718；2500-7719・24小時傳眞專線：(02)2500-1990；2500-1991・服務時間：週一至週五09:30-12:00；13:30-17:00・劃撥帳號：19863813　戶名：書虫股份有限公司・讀者服務信箱：service@readingclub.com.tw｜香港發行所＝城邦（香港）出版集團有限公司・香港灣仔駱克道193號東超商業中心1樓・電話：+852-2508-6231・傳眞：+852-2578-9337｜馬新發行所＝城邦（馬新）出版集團【Cite(M) Sdn. Bhd.】41-3, Jalan Radin Anum, Bandar Baru Sri Petaling, 57000 Kuala Lumpur, Malaysia. 電話：+6(03)-90563833 傳眞：+6(03)90576622 電郵：service@cite.my｜印刷＝中原造像股份有限公司｜初版＝2003年10月｜三版2刷＝2021年2月｜售價NT$230

Printed in Taiwan

本書若有缺頁、破損、裝訂錯誤，請寄回更換。